サンタと恋する方法

榛名 悠

幻冬舎ルチル文庫

CONTENTS ✦目次✦

不器用サンタと恋する方法

✦カバーデザイン＝久保宏夏（omochi design）
✦ブックデザイン＝まるか工房

イラスト・旭炬✦

不器用サンタと恋する方法

《リストラ要員一覧表　赤星サンタ……三田聖夜《さんたせいや》》

「――え？」

彼は思わず自分の耳を疑ったようだった。

耳の穴をほじくろうとしたのだろう。しかし小指を立てたまま、誤って大きな目をごしごしと擦《こす》る。随分と動揺した様子が背後に控える相棒の自分にまで伝わってくる。

ため息をついた上司が「だからね」と、机に置いた紙切れを指で弾《はじ》きながら言った。

「今年の成績によっては、三田聖夜くん――君の契約を打ち切るかもしれないって話だよ」

「……く、クビってことですか？」

彼が震える声で訊き返した。その言葉にこちらも思わず体を強張《こわば》らせる。彼がクビになれば、赤星サンタと契約を結ぶ自分も職を失うことになる。お互い新たにコンビを組んで再出発を果たした矢先だというのに、初仕事からいきなり崖っぷちに立たされた。

「まだそうと決まったわけではないが、限りなく近いところにいるってことは頭に入れておきなさい。大体ね、赤星の試験に受かってもう今年で何年目？」

「四年目です」

「三度目の正直にもならなかったよね。去年も失敗。一昨年も失敗。その前も大失敗！　過去三年間、一度も任務に成功していないのは君だけだよ！」

バンバンッと机が鳴り響いた。小柄な彼の細い肩がびくっと震える。

胸に光る赤星バッジはエリートサンタのしるし――この国では、彼らは古くから憧れの対象とされてきた。クリスマスに子どもたちにプレゼントを配ってまわるのが黄星サンタならば、プレゼントをもらえなくなった大人を対象として、抽選で選ばれた相手の願いを何でも一つ叶えてあげるのが赤星サンタである。赤星になるためには赤星養成所《アカデミー》を卒業し、国家試験に合格しなければいけない。難関を突破し赤星バッジを手に入れた彼は、本来ならばエリートとして羨望の眼差しを向けられる一人だ。

しかし、エリートにもいろいろなタイプがいるわけで、目の前で俯《うつむ》いている彼は、人はいいが技術的に少々問題のある、いわゆる落ちこぼれというやつだった。

「君ね」上司がハアと聞こえよがしのため息をついた。「クリスマスにサンタクロースが何もせずに帰ってくるってどういうこと？　去年なんか、対象者の『願い』を聞き出すどころか不審者扱いされて警察に通報されそうになったでしょ」

「うっ……あれは、その、対象者の女性が勘違いをして……」

「こそこそうろうろと若い女性に付きまとって不審な行動を取るからだろ！　一体アカデミ

ーで何を習ってきたんだよ。試験に受かったのはまぐれなのか？　まったく、一年目で三件もこなす赤星がいるっていうのに。君は三年間で実績ゼロ！　その赤いバッジは飾りか！」

一方的に罵《ののし》られ、彼は悔しそうに腿の横でぎゅっと拳を握り締める。

「もう一回、黄色バッジに戻った方がいいんじゃないかな。もっとも、昨今は人間の世界も少子化で子どもの数が減ってきているから、配達課の黄星サンタもだいぶ数を減らしているっていう話だけどねえ。ああでも、工場ならまだ空きがあるらしいよ。もうね、そっちで玩具を作ったら？　子どもたちを喜ばせる仕事には変わりないでしょ」

「いえ」彼は俯けた顔をキッと引き締めて跳ね上げた。「僕は赤星サンタとして、サンタクロースを信じる心を忘れてしまった大人たちをもう一度喜ばせたいんです！」

「でも、一回も成功してないよね？」

「うっ」

痛いところを容赦なく衝《つ》かれて、再びしょんぼりと項垂《うなだ》れてしまう。ふわふわと天然のくるくる髪が震えている。今すぐ駆け寄ってよしよしと撫《な》でてやりたかったが、そこはぐっと堪《こら》えた。どうにも庇護《ひご》欲をそそる相手だが、あくまで我が主。いけ好かない上司の前でそんなことをしては、それこそ問題になってしまう。

「とにかく」

上司がコホンと咳払いをして言った。「今年のクリスマスの結果次第だ。最後のチャンスだと思ってせいぜい頑張りなさい。落ちこぼれでも、一度くらいは赤星サンタの底力ってものを見せて欲しいものだね」

「は、はい！　今年こそは絶対に任務を成功させてみせます！」

彼がシャキッと背筋を伸ばす。主に倣《なら》って相棒の自分も姿勢を正す。

フンと厭味《いやみ》たらしく鳴った上司のブタ鼻に、トナカイのナカイは冷やかな視線を向けながら、頭の中で自慢の角をねじ込んでやった。

■1■

俺の人生、呪《のろ》われているんじゃないだろうか。


「……はあ、ツイてねェ」

村崎和喜《むらさきかずき》は濡《ぬ》れたスーツの裾《すそ》を手で払いながら、大きなため息をついた。

雨がようやく上がったかと思ったら、傘を閉じた途端に車に泥水を引っ掛けられたのだ。

「クソッ、あのミニバン！　少しはスピード落とせよ」

グレーのスーツの左脚がほぼ濃いシミで覆《おお》われている。ただでさえ寒い十一月の夜、濡れたズボンに体温がどんどん奪われていく。幸い後は帰宅するだけだが、気分は最悪だった。

最近、本当についていない。

先日も新調したスーツでビシッと出勤した途端、上からバケツの水が降ってきた。学習塾の先輩講師の実家から送られてきた牡蠣《かき》をご馳走《ちそう》になれば、なぜか自分だけが腹を下し、人生初の逆ナンパに浮かれていたら、危うくデート商法に引っかかるところだった。薄給なのにバカ高いネックレスのローンを組まされそうになるわ、授業中にピーピーの腹を抱えてトイレに駆け込んでは生徒たちに大笑いされるわ——。

「パープル、またトイレかよ」「失恋したって噂《うわさ》だよ。うちの母ちゃんがフラれるところを見たって」「今年も結婚できなかったね」「ショックで泣いてるのかも」「トイレにこもって変身でもしてるとか」「けど所詮《しょせん》パープルだぜ？　変身しても赤水《あかみず》先生には勝てねーよ」「イケメンレッドVS便所パープルかあ」「かわいそうに、パープル惨敗！」「アハハハハハハ」

小学生というイキモノは無邪気で残酷だ。

担当講師に勝手にパープルなどとあだ名をつけて、一つ年下のイケメン国語講師と比べては、「あー、残念」と憐《あわ》れみの眼差《まなざ》しを向けてくる。

「はあ……こういう時、優しく癒《いや》してくれる彼女が欲しい」

最近、ため息ばかりが口をついて出る。

周辺がやたら眩《まぶ》しいなと思ったら、街中がキラキラと極彩色の光の海に沈んでいた。

もう今年も残り少ない。一ヶ月後には一年で最も浮かれた大イベントが控えているとあって、街は大層居心地の悪い雰囲気に盛り上がっている。

何がクリスマスだ。

こっちはその日も朝から仕事である。サンタさんのプレゼントどころか、二学期のまとめテストを採点して三学期の授業計画を立てなければならない。

ああでも、イケメンレッドならクリスマスの予定もぎっしり埋まっているのだろう。ケーキにチキンにサンタ服のかわいい女の子——何てことだ。羨《うらや》ましすぎる。

「ハッ、不公平な世の中だな。身も心も寒くて凍えそうだぜ……」

「もし、そこのお兄さん」

どこからか声が聞こえてきたのはその時だった。

村崎は思わず足を止める。きょろきょろと辺りを見回すと、「こっちこっち」と呼ばれた。

振り返る。往来の片隅にひっそりと構える人影。風が吹けば崩壊しそうなぼろぼろの台に両肘《りょうひじ》をついて指を組み、唇だけがやたらと赤い女が一人座っている。おかしな黒い布を頭から被《かぶ》っていて、顔はよく見えない。

「そう、そこのあなた。ちょっとこちらへ」

女が手招きした。若いのか年輩なのか判断のつかない不思議な声音《こわね》だった。

「あなた、よくない相が出ていますよ。このまま放っておくと、年を越さずに死にます」

わざわざ呼び寄せたかと思えば、いきなり不吉な予言をされた。

「はあ？」

「その反応。嘘《うそ》だと思っているでしょう。本当ですよ、ほら、これを御覧なさい。そういう相があなたのその平凡極まりない顔に出ているのです」

平凡で悪かったなと心の中で毒づきつつ、突きつけられた手鏡を覗《のぞ》き込む。特に悪いとは思わないが、取り立ててかっこいいとも言い難い。自己評価で頑張って中の上。線が細いわけでもなく、どちらかと言えば男臭い顔立ちの、まさしく平凡極まりない顔が映っているだけだ。

「今、一番濃く視えているのは水難ですね」と、占い師は言った。「何か水のトラブルがありませんでしたか」

「は？　水？　水なんて……」

否定しかけて、ハッと足元に視線を落とした。さっき車に雨水を引っ掛けられたのも、考えてみれば水難と言えるのか。

「心当たりがおありのようですね」

「別に、水なんて毎日触れるもんだし。こんなの水難ってほどじゃ……」

「そんなことはわかりませんよ」占い師が不安を掻《か》きたてるかの如く声を低める。「明日はもっと酷《ひど》い災難が降りかかるかもしれない。一つ一つは小さな不運にすぎないかもしれませんが、それも積み重なれば命を失う恐れがある」

「な、何だよ。そんなことを言って脅すつもりか？　どうせ、死にたくなかったらこの幸運の何とかを買いなさいって魂胆だろ。壺《つぼ》か？　印鑑か？」

「おや、勘のいい。しかし残念、壺でも印鑑でもなく、こちら何と幸運のマリモです！　もこもこした緑が素敵でしょう？　これを毎日鞄に入れて持ち歩けば、あなたの人生はきっと見違えるように光輝くはずです。平凡なこれまでの人生に不満を覚えたことはありませんか？　いやあるはずだ、その顔なら……」

村崎はくるりと踵《きびす》を返した。さっさとその場を離れる。「ああ、待ってお客さん！」と占い師の声が追いかけてくる。「今のあなたは運に見放されているけど、近いうちに将来を左右する運命の出会いが訪れますよ！　投げやりになってはダメです。大丈夫、元気を出して――！」

大声で叫ぶから、周りが一斉に何だ何だと興味本位にこっちを見てきた。村崎は狼狽《ろうばい》する。やめてくれ、投げやりになんかなってない！　そんな目で俺を見るな。こんな公衆の面前で励まさないでくれ、恥ずかしいじゃないか！　村崎はカアッと顔を熱くして、一目散に走って逃げた。

踏んだり蹴《け》ったりだ。

濡れたスーツの裾をびちゃびちゃと鳴らせて、駅前の大通りを駆け抜ける。シャッターの閉まったアーケード街を全力疾走し、すっかり静まり返った住宅地に入ると、少しずつ頭が冷静さを取り戻してきた。何で俺は走っているのだろうかと疑問が湧《わ》く。

「……月が見えるな」

夜空を仰ぎながら通り慣れた道をのんびり歩いた。

まもなくして、簡素な横長の建物が見え始める。

築三十年、二階建ての古アパート。上下合わせて八戸あり、二階の右角部屋が村崎の住まいだ。

「あれ？　隣に明かりが点《つ》いてる」

村崎は往来からアパートを見上げて、ふと首を捻《ひね》った。お隣さんは一ヶ月前まで四十前後のサラリーマンだったが、転勤になり関西へ引っ越して行った。

新しい店子《たなこ》が入ったのだろうか。

錆《さ》びた鉄階段を上りながら、村崎は小さくため息をついた。家賃に見合った安普請のアパートは隣人の生活音が筒抜けだ。おかげでお隣さんと大家の会話が聞こえてしまい、本人から直接聞くことなく転勤話を知ってしまった。その後の一ヶ月間は静かでよかったのに。

明かりの点いた部屋にはすでに表札が出ていた。防犯上の理由から、このボロアパートでは出している方が珍しい。警戒心が低い人なのかなと、少々心配になる。

鍵《かぎ》を開けて角部屋に入る。暗い部屋の中はひんやりと冷気が漂っていて、ぶるりと身震いをした。仕事から帰ってきても部屋は暖かくないし、誰もおかえりと言ってくれない。静かなのは嫌いじゃないが、いつもこの一瞬だけは一人暮らしの辛《つら》さが身に沁《し》みる。

着替えていると、隣からガタガタと物音が聞こえてきた。荷物の片付けをしているのだろう。まさか夜中までごそごそやらないよな。できれば夜は静かに寝かせて欲しい。若干の不安を覚えつつ、小腹がすいて冷蔵庫を開けようとした時だった。

ピーンポーン。

古めかしい部屋の呼び鈴が鳴り、村崎は玄関ドアを見つめた。

「？　誰だこんな時間に」

もう十時を回っている。急に訪ねてくるような知人はいないはずだが。

「はいはい、どちらさま」

用心深くドアを開けると、初めて見る顔が立っていた。

村崎は内心で首を捻る。誰だ、この子は。

おそらくまだ学生。大学生……下手《へた》したら女子高校生かもしれない。乳白色のぷるんと張りのある頬《ほお》を、いい匂《にお》いがしそうな蜂蜜《はちみつ》色の髪が縁取っている。今風に少し長めに切り揃《そろ》えた髪はくるくるしていた。あれはパーマだろうか？　黒髪直毛の村崎とは正反対だ。

寒さのせいか、それとも今まで温まっていたのか、頬はうっすら紅潮し、ふっくらとした唇は血色のいい薔薇《ばら》色。丸い大きな目は明るい茶味を帯びた綺麗《きれい》な虹彩《こうさい》をしている。全体的に色素が薄くふわふわとしているので、一瞬、天使が舞い降りたのかと思ったくらいだ。

「こんにちは」

と彼女が言った。「あ、違った。もうこんばんはですね」

見かけによらずハスキーな声だったが、はにかむ様にニコッと微笑《ほほえ》まれた途端、思わずドキッとしてしまった。笑顔が猛烈にかわいい。これはまずい。村崎の好みのど真ん中。

それにしてもこんなに夜遅く、独り者の男の部屋にかわいい女の子が一人で訪ねてくるなんて。一体誰の差し金だろう。不審に思いながらもドキドキしつつ、まるで赤ずきんちゃんを待ち構えていた悪いオオカミさんにでもなった気分だった。

実際、彼女は赤い三角帽子を被っていた。

「えっと」村崎は平静を装って訊《たず》ねた。「どちらさまですか」

赤帽子を除けば、あとはいたって普通の恰好《かっこう》をしている。女性にしては少々背が高めで肉付きも薄い体に、ざっくりとした白いセーターとベージュのチノパン。足元はスニーカー。サイズが合わないのか、それともわざと狙《ねら》ってやっているのか、長い袖に色白の手の甲がすっぽり隠れてしまっていた。いわゆる萌《も》え袖《そで》というやつだ。

だらしない恰好の女性は苦手だが、こういうのは嫌いじゃない。所詮村崎も男なのだ。

「あっ、申し遅れました」

彼女がぴんと背筋を伸ばした。

「僕、隣に引っ越してきた者です。ご挨拶《あいさつ》に伺いました」

「……ああ、何だ。お隣さん？」

そうか、こんな若い子が越してきたのか。

夜遅くの訪問にも納得しながら、内心少し動揺する。現実で一人称が『僕』の女の子に初めて会った。

「えっと、確かミタさんだっけ？」

「いえ」彼女はかぶりを振った。「サンタです。三田聖夜と申します」

「サンタ……セイヤ？」

「はい」

「セイコちゃんじゃなく？」

「違います。僕の名前は聖夜です」

「僕……聖夜……え、それじゃ、サンタさんはサンタくんなの？」

驚き半分、がっかり半分の声で訊き返す。よく意味がわからなかったのか、かわいい顔をした彼は小首を傾《かし》げてみせた。そんな仕草もとてもかわいい。

「三田でも聖夜でも、どちらでも呼びやすい方で呼んでいただければ」

はにかむように微笑まれて、不覚にもドキドキしてしまった。男と知ってもこのかわいさ。未知のイキモノだ。

――運命の出会いが訪れますよ！

ふいになぜかインチキ占い師の言葉が脳裏を過《よ》ぎった。まさかなと思う。まさかも何も、相手は男だ。こんな不毛な運命の出会いがあってたまるか。村崎は頭を振って自分の思考を蹴散《けち》らした。

「ど、どうかしましたか！」

急にぶんぶんと頭を振り回したせいで、彼がびくっと怯《おび》えた。

「いや、ごめん。何でもない。えっと、俺は２０１号室の村崎です。よろしく」

「こちらこそよろしくお願いします。あの、僕、今日はご挨拶とこれを渡しに来ました」

そう言って、手に持っていたそれを差し出す。「引っ越し蕎麦《そば》です」と渡されたのは、この寒いのにキンキンに冷えた笊《ざる》蕎麦だった。

「たくさん作ったので、おかわりもあります」

にっこり言われて、村崎は引き攣《つ》った笑みを浮かべた。

「……ありがとう。俺はこれで十分。それじゃあ、いただきます、ええっと……ミタくん」

「サンタです」

彼がちょっとムッとした。

「ああ、ごめん。そうだった、サンタね。でも珍しいよな、その漢字でサンタって」

「え」三田がきょとんとした。「そうなんですか？」

「普通はミタって読むのが一般的なんじゃないの。うちの塾でも三田って子がいるし」

「ジュク？」

「ああ。俺、学習塾で講師をやってるんだよ。小学生や中学生を中心に教えてるから、サンタくんにはちょっと縁がないかもな。今、学生さん？　いくつなの」

「えっと、成人してます。アカデミーは卒業しました。村崎さんは二十六歳ですか」

「すごいな、ぴったり。そう、二十六」

見た目と実年齢はそこそこ一致していると思うが、初対面でズバッと年齢を言い当てられると驚く。おっとりしているように見えるが、案外鋭いのかもしれない。

女の子だったら何かと気を使いそうだが、隣人が男とわかって正直ホッとした。

「卒業したってことは、サンタくんは社会人？」

「はい、そうです」

頷《うなず》いた三田が、どうしたのか突然真面目《まじめ》な顔をしてずいっと一歩、前に出た。

「え」村崎は蕎麦を持ったまま咄嗟《とっさ》に体を引く。もともとそんなに距離がなかったのに、ますます縮まって戸惑う。三田が背伸びをするみたいに一気に詰め寄った。

「村崎さん」

「は、はい！」

まん丸とした大きな目を潤《うる》ませて、三田が至近距離からじいっと村崎を見つめてくる。

思わずごくりと生唾《なまつば》を飲み込んでしまった。かわいらしい顔だけ見ていると、うっかり性別を忘れてしまいそうになる。

「ちょ」村崎は声を裏返した。「ちょっと待て、さ、サンタくん!?」

「村崎さんは、サンタクロースを信じますか？」

「待て待てストップ、近いって！　落ち着こう、そんなに寄っちゃダメだ！　人間にはパーソナルスペースというものがあってだな……は？」

村崎は、はてと首を傾げた。

「……サンタクロース？」

「はい！」と、目をきらきらとさせながら三田が大きく頷く。なぜか胸の前で指を組み、真剣な眼差しで村崎を見つめ——そうして、とんでもないことを言い出した。

「あなたの一番の願いを教えて下さい。きっとサンタクロースが叶《かな》えてくれますから！」


昨夜いただいた蕎麦は思ったよりも美味《うま》かった。

しかしそれを差し入れてくれた赤い三角帽子のお隣さんは要注意人物。

どうやら新興宗教の信徒らしい。

サンタクロース信仰だか何だか知らないが、黙って話を聞いていればそのうち勧誘されかねない状況だった。成人男性が十一月にサンタ帽を被って現れた時点で、何かがおかしいと気づくべきだったのだ。途中で村崎の携帯に電話がかかってきて助かった。

「——ていうか、サンタクロース信仰って、真夏は何やってんだ？」

「サンタさんが何だって？」

椅子《いす》に座ったまま振り向くと、高校数学担当の吉野《よしの》がにやにやしながら立っていた。同じ青葉《あおば》塾で働く二つ年上の彼は、クマのような見た目をした愛嬌《あいきょう》のある男だ。大柄な上にヒゲ面で、ごつい輪郭《りんかく》に反してつぶらな目。生徒たちからも親しみを込めて『クマ先生』と呼ばれている。

「おはよう。村崎先生、クリスマスの予定が埋まったのか」

「……厭味ですか」村崎は嘆息する。「おはようございます。そんなんじゃないですよ。そういえば、昨日は電話をどうもありがとうございました。おかげで助かりましたよ」

「助かった？　俺の赤ペンを知らないかって電話が？」

「内容はともかく、タイミング的にって意味です」

「何だそりゃ」と吉野がきょとんとする。

「昨日、変な勧誘に捕《つか》まったんですよ。ちょうど先生から電話がかかってきたおかげで逃げることができたんで」

「あー、そういうことか」

「赤ペンは見つかったんですか？」

「おう。家にあった。娘がお絵描きに使ってたみたいでさ」

「じゃあ、朝からなかったってことじゃないですか。帰り際に気づかないで下さいよ」

「いやー、昨日は採点もしなかったし。ペンケースを開けたらないだろ？　職員室のどこかに落ちてるんじゃないかと焦ってさ。あれ、奥さんに貰《もら》った物なんだよ」

最後は惚気《のろけ》られて、村崎は呆《あき》れながら自分の仕事に戻った。

青葉塾は駅前にある個人学習塾だ。村崎は四年前から講師として勤務している。大学時代のアルバイト講師を経て、塾長に誘われるがまま就職。おもに小中学生の算数、数学を担当しており、学校の定期考査が近付くと理科も教えている。この近辺の中学校はそれぞれ十一月下旬から十二月の第一週にかけて約三日間の日程で期末試験が行われるので、今の時期はそれなりに忙しい。

少子化が進む時代、学習塾経営は大変だと聞く。幸い、地域密着型のここ青葉塾は評判も上々で、大手学習塾とまではいかなくても毎年一定数の受講者を確保していた。元自治会長を務めていた塾長の意向で、時々地元のイベントに借り出されることもあるが、それも仕事の一環だと割り切っている。若いお母さん方に気に入られれば、その子どもを青葉に通わせる確率が増えるからだ。それに村崎自身、ああいう人付き合いは嫌いじゃない。

「おはようございます」

隣の席の椅子が引かれ、村崎はパソコンキーを叩《たた》く手を止めた。見ると、爽《さわ》やかイケメンが白い歯をきらんと輝かせて立っている。

「おはようございます」

「早いですね、村崎先生。あ、プリントを作ってるんですか」

赤水がパソコン画面を覗き込んでくる。「そうだ、僕も古文のまとめプリントを作らないといけないんだった」

茶味がかったさらさらの髪を掻き上げて、鞄《かばん》から荷物を取り出し始めた。いつ見てもこちらの劣等感を大いに刺激してくる王子顔だ。女子小学生から保護者のお母さんたちまで、そのきらきらした笑顔で虜《とりこ》にしてしまうイケメンレッド。これでアニメみたいに甲高《かんだか》い声をしていたら親しみも持てるのに、顔に見合った甘いイケメンボイスだから余計にタチが悪い。身長、体重ともに村崎の方が僅かながら上回っているにもかかわらず、似たようなスーツを着ても、明らかに赤水のほうが見映えがいいのはどういうことか。レッドとパープルの溝は深いのだ。

とはいえ、悪い奴ではないので、憎もうにも憎めない。

「そういえば、明日から新しいアルバイト講師が入るんですよね。英語担当の」

「ああ、そうだったっけ。確か、まだ若いんだよな。二十三？」

「昨日、塾長室に来ていたみたいで、ちらっと見かけたんですよ。綺麗《きれい》な女性でした」

「へえ、女の先生なのか」

「今まで男ばっかりでしたからね。やっぱり職場にも華がないと」

赤水がうきうきとしながらパソコンを起動させる。

ムサイ同僚で悪かったな。内心で毒づいて、村崎は作業に集中した。

新人のアルバイト講師に、村崎は赤水ほど期待をしていなかった。ただ同僚が一人増える。それが若い女性で、帰国子女だと聞いたから、素直にすごいなと思ったぐらいだ。

「村崎先生、こちら新しく講師として入っていただく笹本《ささもと》先生です。授業は明日からですが今日は見学に来られたんですよ」

しかし、還暦を過ぎたロマンスグレーの青葉塾長に彼女を紹介された瞬間、雷に打たれたような衝撃が村崎を襲う。

「はじめまして、笹本です」

挨拶をする小柄で可憐な女性に、一瞬にして心を奪われてしまった。

清楚《せいそ》なロングヘアに透き通るような白い肌。すっとした小ぶりの鼻に薔薇の蕾《つぼみ》のような愛らしい唇。まるで宝石みたいに艶《つや》やかな黒い瞳は、見つめられると吸い込まれてしまいそうだ。一見無垢《むく》な少女のように見えて、右目元の泣きぼくろが妙に色っぽい。

正直に言うと、顔立ちだけで言えば昨日のサンタ信者の方が好みだが、総合的に見れば笹本が断然上回っている。当たり前だ。むこうは性別からして対象外だった。

ぼうっと見惚《みと》れているうちに、いつの間にか話は進み、手の空いていた村崎が建物内の案内役を任されていた。

「村崎先生、よろしくお願いします」

にっこりと微笑まれた瞬間、心臓にストンとハートの矢が突き刺さる。

――運命の出会いが訪れますよ！

そうか。村崎は悟った。あのインチキ占い師が最後に放った予言は、あながち嘘ではなかったのではないか。悪いことは信じないが、いい話だと前向きに検討するのが占いだ。

新しい出会いなんて、この年になればそうごろごろと転がっているものではない。特に塾講師という職業柄、知り合う女の子は小学生や中学生ばかり。たまに運が向いてきたと思ったら、高い貴金属を買わされそうになる。

とにかくまともな同世代の独身女性と出会うこと自体が珍しい。そんな中、昨日の今日でこんなかわいい女性が目の前に現れたのなら、もうこれは運命と呼ぶしかないではないか。

「……笹本先生かあ。かわいい奥さんになりそうだよなあ」

仕事帰り、馴染《なじ》みの喫茶店に寄った村崎は、コーヒーを飲みながら気の早い妄想に耽《ふけ》っていた。

あの占い師は、確か将来を左右する運命の出会いだと言った。とすると、この先村崎は彼女と付き合い、やがては結婚するのかもしれない。

昼間の様子だと、彼女の反応は悪くなかった気がする。

案内しながら二人で廊下を歩いていると、たまたま早く学校が引けて塾に来ていた小学五年生の教え子に揶揄《からか》われたのだ。

——あっ、パープル先生が彼女を連れて来てる！

指を差して大声で言われて、村崎はぎょっとした。慌てて彼の口を塞《ふさ》ぎ、笹本に謝った。彼女はおかしそうにくすくすと笑っていたけれど、こっちはひやひやものだ。

彼が早くここに来たのには理由があった。先日、学校で行われた算数のテストが返却されたのだ。「これ見てよ！」と、得意げに差し出された答案用紙を見て、村崎は驚いた。百点。実は前回のテストで、彼は大手学習塾に通っている同級生にバカにされたことをずっと悔しがっていたのだ。

——先生に一番に見せてやろうと思ってさ。塾の授業が終わってからも、残って教えてくれたし。ありがとな、パープル。

最後の呼び名が残念だったが、彼の努力が実ったことは講師として嬉《うれ》しい限りだった。

男子生徒を自習室に追いやった後、笹本が尊敬するみたいな口調でこんなことを言った。

——村崎先生は、生徒にとても慕われているんですね。

——いやあ、どうですかね。変なあだ名までつけられて、半分はバカにされてるのかも。

——そんなことないですよ！　少なくとも今の男の子は先生のことが大好きだと思います。それにパープルってかわいいじゃないですか。私、紫が一番好きな色なんです。

女神様のような微笑とともに、愛の告白にも取れる言葉がリフレインする。私、紫が一番好きな色なんです。私、ムラサキが一番好きなんです。好きなんです。好きなんです。

「いやー、まいったな」

村崎はにやにやとだらしなく頬を弛《ゆる》ませた。ブラックコーヒーが今日はやけに甘く感じられる。

「……あんなかわいい子と付き合えたら、最高だな」

塾の看板がすぐ向かいに見えるこの店は、閉店間際だからか客がいない。マスターはカウンターの奥で洗い物をしているし、独り言が聞かれる心配もなかった。

「ツイてないツイてないってぼやきまくってたけど、今までの不運は全部この日のための試練だったのかもな。やっとめぐり逢《あ》えたんだよ。笹本さん、俺と付き合ってくれ……」

「それが村崎さんの願いですか！」

ぶほッ！　と村崎は思わずコーヒーを噴き出した。

いきなり背後から声が聞こえてきて、弾かれたように振り返る。そして仰天した。

いつからそこにいた⁉

村崎は息を呑《の》む。仕切りがあるとはいえ、まったく気配がしなかった。赤い三角帽を被ったアパートの例の隣人――三田が、ソファ席の背から身を乗り出すようにしてこっちを見ていたのだ。

「お」村崎は声を引き攣らせた。「お前、何で……⁉」

「今日一日、村崎さんの後をつけていました」

彼はまったく悪びれた様子もなく、自身のストーキングをあっさり白状した。

「はあ？　何で俺のことをつけてるんだよ」

「昨日は詳しいお話ができなかったので。まずは村崎さんのことをよく知ってから、もう一度お話をさせていただこうと思ったんです。そうだ、お蕎麦はおいしかったですか？」

「蕎麦？」

話がぽんぽん飛んで、村崎は戸惑いながら答える。「ああ、蕎麦ね。まあ、確かに美味かったけど。あ、容器は洗ってドアにかけておいたから」

「はい、外に出た時に気づきました」

「そっか。ご馳走《ちそう》さま」

じゃなくて！　すっかり相手のペースに巻き込まれている自分を叱咤《しった》し、この極めて不自然な状況を考える。

「なあおい、三田くん。さっきも何か変なことを言ってたけど、何で俺をつけて……」

しかし、なぜか彼は誰もいないはずの隣に向けて嬉々《きき》と話しかけた。

「お蕎麦、美味しかったって！　よかったね、ナカイくん」

ナカイくん？　村崎が首を傾げたその時、観葉植物の仕切りの向こう側でむくっと人影が動いた。

「おうッ⁉」

咄嗟《とっさ》にびくっとする。薄暗い照明と赤いサンタ帽のインパクトが強すぎて、まさかそこにもう一人いるとは思わなかった。三田の連れか。

緑の葉の隙間《すきま》から垣間見える、黒々とした後頭部。あれがナカイくんか？ と思った次の瞬間、「ずっと今朝から考えていたのですが」と、渋い声が聞こえてくる。

「普通、食べ終わった後の容器は、差し入れてくれた相手の顔を見て、ご馳走さまでしたと手渡しで返すのが常識というものではないのですか？」

「は？」

「それが何ということでしょう」

すると、その男はいきなり振り返り、村崎を睨《にら》みつけて一気にまくし立ててきたのだ。

「その辺のスーパーの袋に一緒に入れて、あまつさえチャイムも鳴らさずに黙ってドアにかけておくなんて。あのビニール袋、底に穴が開いていましたよ？ 近年はこの国のご近所付き合いも希薄になったと同僚が嘆いていましたが、人として礼ぐらいは面と向かって言うべきだと私は思いますね。そして、あなたの聖夜様に対する無礼な態度。昨日なんて、話の途中で追い返されてしまった聖夜様は、帰って来てからもしょんぼりと落ち込んで大変だったんですよ？ 今朝も黙って返却された容器を見て、美味しくなかったのかなとまた落ち込んでおられました。彼はあなたに食べてもらおうと、一生懸命心を込めて生まれて初めて蕎麦を打ったのです。まあ、実質ほとんど私が作りましたけどね。それを蕎麦だけ食べて肝心の聖夜様を邪険にするとはこの無礼者が！　この方をどなたと心得る、貴様の願いを叶えに来て下さった赤星サンタ様でおられるぞ！」

黒縁眼鏡《めがね》にブラックスーツを着込んだ妙な青年が、隣のぽやんとした三田を指し示す。

ぽかんとしたのは村崎だ。一体何なんだ、こいつらは。

「もう、ナカイくんったら」なぜか照れる三田が、やんわりと彼を制す。「言いすぎだよ、村崎さんがびっくりしちゃってるから」

「申し訳ありません。ですが、あまりにもこの人間がサンタクロースを見くびっているようでしたので」

「僕らが名乗ったら、みんな最初はこんなもんだって。えっと、申し遅れました」

三田がいそいそとウエストポーチから何かを取り出した。

「僕、こういう者です」

差し出されたのは名刺だ。

〈あなたの願いを叶えます。
サンタクロース派遣協会　日本関東支部
赤星サンタ　三田聖夜〉

「……赤星サンタ？」

「はい」三田がにっこりと頷いた。「サンタクロースには子どもたちにプレゼントを配達する黄星サンタと、プレゼントをもらえなくなった大人を対象に、願いを叶《かな》えるサービスを行っている僕たち赤星サンタがいるんです」

説明されてもさっぱり意味がわからない。

ぽかんとする村崎を見つめ、三田は嬉々として続けた。

「そして、今年のプレゼント対象者の中から、なんと村崎さんが選ばれました！」

パチパチパチパチパチ。二人から拍手が送られる意味もわからない。

「……は？」

「紹介が遅れましたけど、こちらは僕の相棒のナカイくんです」

「先ほどは取り乱してしまい、大変失礼致しました」

眼鏡を手で覆《おお》うようにして押し上げながら、スーツが澄ました声で言った。

あれ？　村崎は混乱する頭で考える。何かおかしなことになってないか。サンタ信者が二人に増えて、今まさに村崎を勧誘対象者としてロックオンしちゃいましたと聞こえたが。

「というわけで」

三田が言った。

「僕たちに、村崎さんの願い事を一つ叶えさせて下さい」

「いや、ちょっとまだ話がよく飲み込めてないいんだけど」

「何でも構いません。願い事を言って下さい」

「だから、意味がわからないって言ってるだろ。あーもうこんな時間だ。俺、そろそろ帰らないと……」

「さっき言ってたじゃないですか！」

腰を上げようとした村崎の肩を、三田が無理やり押さえ込んでくる。予想外のバカ力だ。

「うげ……お、おい、やめろ。重いだろ」

「僕、聞きました。村崎さんはにやにやしながら、『あんなかわいい子と付き合えたら、最高だな』って言ってましたよ」

「おい⁉」

「ナカイくんも聞いたよね」

「はい、確かに聞きました。少々自分に酔った感じで『笹本さん、俺と付き合ってくれ』と も、言っていましたが」

「オイやめてくれ！」

言ってない、そんなこと言ってない！　カアッと赤面し、ブンブンと首を横に振って否定したが、三田とナカイは確かに聞いたと再び村崎の恥ずかしい告白を繰り返した。

「うわあああやめろ！　わ、わかった。わかったから、そのことはもう忘れてくれ。とりあえずそっちの話を聞こう」

「本当ですか！」三田が無邪気に喜ぶ。「それでは、願い事を教えて下さい」

「だからさ、そんなものを聞いてどうするんだよ」

「僕が叶えます」

「叶えるって……」

魔法使いじゃあるまいし。村崎は弱ってため息をつく。まさか願いを口にしたら、それが入信の合図になるのではなかろうか。見た目は単純そうなのに、三田が何を考えているのかさっぱり読めない。

「村崎さん」三田が思い詰めたような目をして言った。「僕たちも仕事なんです。一生懸命頑張りますから、教えて下さい」

必死だ。やはり勧誘にも厳しいノルマが課されているのだろうか。

「そんなこと言われてもな……」

ちらっと様子を窺《うかが》って、ぎくりとした。潤《うる》んだ大きな瞳《ひとみ》がじいっと見つめている。村崎はうっと体を引いた。このかわいい顔だけはどうにも弱い。男とわかっていてもうっかりほだされそうになって、いやいや駄目だと無理やり我に返った。

「と、とにかく別のヤツを探してくれよ。俺は宗教関係はゴメンだ」

「村崎さんじゃなきゃダメです」

身を乗り出した三田がぎゅっと村崎の手を握ってきた。不覚にもドキッとしてしまう。

「うおっ、な、何をやってるのかな、三田クン？」

「僕は村崎さんの願いを叶えに来たんですから、他の誰かじゃダメなんです」

うるうると真摯《しんし》に見つめられる。

「いや、いやいや、ちょっと一回落ち着こう。な？　と、とりあえず、手を離して……」

「おや」と、一人だけ呑気《のんき》に窓の外を眺めていたナカイが呟いた。

「あれは、もしかすると笹本女史ではありませんか？」

「え？」

なぜこいつが笹本のことを知っているのだ。疑問は多々あったが、村崎は反射的に窓ガラスに張り付いていた。そして見なきゃよかったと後悔する。

「……何で赤水と一緒なんだよ」

視線の先、青葉塾が借りている建物から赤水と笹本が仲良く連れ立って出てくるところだった。今日は見学だけだと言っていた。村崎が最後の授業を終えて職員室に戻ると、もう笹本の姿はなく、てっきり帰ったものだとばかり思っていたのに。

「ああっ、笹本先生が赤水のヤローに微笑みかけてる！」

「お二人、仲が良さそうですすよ」

いつの間にかこちらのテーブルの対面に移動していた三田が心配そうに訊いてきた。

「村崎さん、いいんですか？」

「いいわけないだろ！　許さん、赤水！　「ああっ、距離が近い！」

「僕が止めてきましょうか」

「見ろよ、あの赤水の顔。スケベレッドの面をしてるぞ……え？」　何か言ったか」

「村崎さんは、あの女性とお付き合いしたいんですよね」

二人を気にしながら、咄嗟に隣を見やる。

三田が至極真面目な顔をして「だったら」と言った。

「今すぐ願って下さい。えっと、この場合は商品ナンバー8の【恋人が欲しい】に該当します。村崎さん、一度声に出して強く願ってくれますか。そうしたら僕、彼女をあの男の人から引き離して、村崎さんのもとに連れ戻してみせます」

「いや、別に俺のものじゃないんだけど。というか、そんなことができるのか」

「はい、僕は赤星サンタですから！　任せて下さい」

三田が薄っぺらい胸をドンと叩いてみせた。村崎は面食らう。どこからくるのだろう、この根拠がありそうでまったくない自信は。百パーセントかわいさでできている頼りなさそうな童顔に、なぜか少しばかりの頼もしさすら覚える。生き生きと輝く目に、キリッとした表情。まさか彼の正体は、本物のサンタクロースだとでもいうのだろうか。願いを言えば、本当に魔法のように叶えてくれるのか。

その時の村崎はきっと物凄《ものすご》く疲れていたのだと思う。赤水に先を越されたショックで思考がまともに働かなかったのだ。

「それなら」村崎はごくりと生唾を飲み込んだ。「叶えてくれよ。何だったっけ、願いを口に出して言えばいいいんだよな？」

「はい」

「……恋人が欲しい。今年のクリスマスは恋人と二人きりでいちゃいちゃして過ごしたい。サンタさん、俺にかわいい恋人をくれよ」

「それをあなたの願いとして受け取ってもいいですね」

「ああ」

「村崎さんのお願い、いただきました！」

三田がやったーと万歳をする。お子様がはしゃぐ様子を横目に見ながら、村崎もハッと平静を取り戻す。いかんいかん、またこのエセサンタに釣られるところだった。

「な」内心焦りつつ、咄嗟に笑い飛ばした。「なーんてな！　冗談冗談、俺もそんなに暇じゃないんだ。それじゃ、俺はこれで帰るから」

今から追いかければあの二人に合流できるかもしれない。食事に行くなら同僚のよしみで強引に混ざってみるか。赤水に疎まれようがここは関係ない。

「じゃあな。お前らも気をつけて帰れよ。特に三田の方は下手すると補導されるかもしれないからな。遅くまでうろうろするんじゃないぞ……あれ？」

靴を取り上げて見ると、二人の姿が消えていた。

「え？　あれ？　あいつらどこに行った」

きょろきょろすると、目の合ったマスターがカウンター越しに親指で外を指し示した。釣られるようにして窓の外を見やり、

「早っ！」

三田とナカイの後ろ姿を発見する。

「あいつら、いつの間に外に出たんだよ」

呆れつつ村崎は伝票をマスターに差し出し、「九千八百二十円です」「え？」自分の耳を疑った。良心的な店だったのに、いつからコーヒー一杯で一万円もぼったくる悪徳店になったのだろう。

理由はすぐに判明した。三田とナカイの飲食代までが、知らないうちに村崎の伝票に重ねてあったからだ。

「ふざけんなよ、あいつらただの食い逃げ犯じゃねーか！」

しかも一万円って。この喫茶店で何を食べればそんな金額になるのだ。

苛々《いらいら》しながら村崎は結局三人分の会計をし、急いで店を飛び出した。そして次の瞬間、更にぎょっとする羽目になる。

二人がなぜか笹本たちの行く手を阻《はば》み、図々《ずうずう》しくも話しかけていたからだ。

卒倒しそうになった。

「勘弁してくれよ。マジかよ、あいつら笹本先生に何を言う気だ」

悪い予感しかしない。村崎は泣きそうになりながら全速力で走る。

「単刀直入にお伺いします」三田が笹本に訊ねる。「あなたは今、お付き合いをしている方がいらっしゃいますか?」

「……え?」

戸惑う笹本。隣にいた赤水が怪訝《けげん》そうに問い返す。「ちょっと君、見たことない顔だな。青葉の生徒じゃないよね? そちらのあなたも。急に現れて、いきなり何を言い出すのかな」

「えっと、僕たちはこちらの女性に用があるので、少し黙っていてもらえますか。彼女をお借りします」

「は? ちょ、ちょっと待って、君は一体何を言っているの……」

「わあああすみませんすみません、本当にすみません!」

村崎はぴりっと緊張感が漂う四人の間に転がるようにして割って入った。「赤水先生、笹本先生、ごめんなさい!」

「む、村崎先生?」

赤水と笹本がきょとんと村崎を見つめる。

「すみませんねー」村崎はぺこぺこと謝りながら、三田とナカイを自分の背中に隠す。「こいつら、俺の知り合いなんですよ。酒が入ってるから、わけわかんないこと言ってるでしょ？気にしないで下さいね。ただの酔っ払いですから」

「村崎さん」背後で三田がムッとしたように言った。「僕たちは全然酔っ払ってなんかいませフガッ」

「いいから黙れ。酔っ払いはみんなそう言うんだよ」

前に出て来ようとする三田の口を手のひらで塞ぎ、ぐいぐいと押し戻す。

「すみませんね、困ったヤツらで」

「へえ」赤水が疑わしそうに見てきた。「村崎先生のお友達ですか」

「同じアパートに住んでるお隣さんなんだよ。たまたまそこで会ってね。それじゃ、俺たちはこれで失礼します。笹本先生も今日はお疲れさまでした。赤水先生も。ではまた明日」

ぽかんとする彼らに引き攣り笑いで挨拶をし、即座に踵を返す。バカ二人の手を摑《つか》むと、一目散にその場から逃げ出した。

赤水たちの目が届かないところまで走り、狭い路地に駆け込む。村崎は倒れこむようにしてコンクリートの壁にもたれた。

「はぁ、はぁ、はぁ、……っ、お前らはバカか！」

怒鳴りながら彼らを睨み付ける。

憎たらしいことにまったく息を乱していないナカイが「失敬な」と眼鏡をくいっと押し上げた。「聖夜様はあなたの願いを叶えようとしただけじゃないですか」

「まさか直接本人に伝えに行くとは思わないだろ！　笹本先生、ドン引きだったぞアレ！　どうしてくれるんだよ、明日もまた顔を合わせるのに。あーもー、村崎先生ってちょっと変わった友達がいるのね、危険だから近寄らないようにしなきゃ、とか思われてたらどうするんだよ。余計なことをしてくれたな、エセサンタ」

「エセサンタ！」

息を切らす三田がガーンとショックを受けたみたいに目と口を大きく開く。「ちょっと、あなた！　聞き捨てなりませんね、赤星にむかってこれは立派な言葉の暴力ですよ！」ナカイが青筋を立てながら、よろよろと頽《くずお》れる三田を支える。「聖夜様、大丈夫ですか。お気をしっかり！」

三田が本当に青褪《あおざ》めて落ち込んでしまったので、村崎は内心罪悪感を覚えつつ、いやここで甘い顔をしては駄目だと心を鬼にして言った。

「大体、赤星って何だよ。水も星も赤いって時点で、すでに俺にとっては大凶レベルなんだ。サンタクロースだって言い張るなら、最後まで貫き通せ。嘘でも魔法を使うフリをしてみるとかさ。直接交渉なんてそんなのもう、サンタの肩書きまったく関係ないからな！」

「ま、魔法なんて……」

三田がまたあのうるうるの目で村崎に何かを訴えてくる。ドキッとする。

「そんな高等技術、僕には使えません！」

「……え？」

「でも」三田がぐいっと目元を拭って気丈に立ち上がった。「クビがかかっているので、何としてでも今年は成功させなくてはいけないんです。絶対に、村崎さんの願いは叶えてみせますから」

「いや、あれはそもそも冗談であってだな。願いとか、俺は本当にいいから」

「それは無理です。だってもう、登録してしまいましたし。ね、ナカイくん」

三田が振り返り、頷いたナカイがスーツの内ポケットからボイスレコーダーを取り出す。ボタンを押し、再生。

聞こえてきたのは、つい先ほど村崎が口走った恥ずかしい願い事だった。

ナカイがもう一度再生しようとしたので、カアァッと顔を火照らせた村崎は「やめてくれ！」と必死に止める。

「これを先ほど会社に送って、すでに受理されました。なのでもう変更はききません」

三田がキッと表情を引き締めて言った。「僕も失敗は許されないです。全力で取り組みますから、クリスマスまでの一ヶ月間、一緒に頑張りましょうね！」

頑張りましょうね？

サンタのくせに、一緒に頑張りましょうね？　サンタクロースとは、メタボが気になる中年男性を励ましてくれるジムトレーナーみたいなものなのか。

同情を誘う大きなうるうるお目めにはもう騙《だま》されないぞと、村崎はきっぱり言い渡した。

「もう俺に付き纏《まと》わないでくれ」

気合を入れ盛り上がっていた二人が、きょとんとした目で見てきた。

「サンタサンタって、もうサンタはたくさんだ。お前たちのお遊びには十分付き合ってやっただろ？　とにかく、布教活動ならよそでやってくれ。お前がサンタなら赤帽子被ってるヤツはみんなサンタさんだよ。まったく、赤帽恐怖性になりそうだぜ」

「僕は本物のサンタクロースですよ」

「ああ、わかったわかった。ソリに乗って空を飛んでるところを見せてくれたら信じてやるよ。まあ、今後もお隣さんだから顔を合わせることはあるだろうけど、挨拶以上はＮＧだ」

「僕が空を飛んだら信じてくれるんですね」

「それじゃ、俺は今度こそ帰るから……え？」

歩き出そうとした足を思わず止めて振り返った。

三田がいいことを思いついたみたいにポンと手を打つ。「そうだ！　せっかくですから、村崎さんも一緒に乗って行きませんか」

「は？」

「普段は目立つから、なるべく変身しないようにと言われているんですけど……」

ピカッと三田が発光したのは、振り返った瞬間だった。

眩しい！　村崎は咄嗟に目を瞑《つぶ》る。光ったのはほんの一瞬。すぐに辺りは静まり返り、恐る恐る目を開ける。

「──な」その信じられない光景を目の当たりにして茫然《ぼうぜん》となった。「何なんだ、これは⁉」

そこには赤い衣装のサンタクロースとピンク鼻の立派な角をしたトナカイがいたからだ。

一瞬の間にサンタ服に着替えた三田が、えっへんと得意げに胸を張る。

「どうです、村崎さん。嘘じゃなかったでしょ？」

「……え？　ちょっと待て、どうなっているんだ？　どこからこのトナカイを連れてきたんだよ。こいつ本物？　あれ、ナカイは？」

「ここにいるじゃないですか」

「え？」と、状況がまったく飲み込めない村崎の背中を三田がぐいぐいと馬鹿《ばか》力で押し、ソリに無理やり詰め込んだ。

「え？　え？」

「村崎さん、ちゃんと摑まっていて下さいね。それじゃ、ナカイくん。レッツフライ！」

「は？　ナカイ？　うおっ動いたえええっ⁉」

村崎は人生で初めて、ソリに乗って空を飛んだ。

サンタクロースと一緒に空を飛んだことのある人間が世の中にはどれくらいいるだろう。村崎はついに先日、その世にも珍しい一人に名を連ねた。

ピンク鼻のトナカイが引くソリにサンタ服の三田と乗り込み、夜空を駆けてアパートに帰宅したのである。星に手が届きそうだとつい年甲斐《としがい》もなくはしゃいでしまった。

――内緒ですよ。人間をソリに乗せたことがバレたらまた上司に怒られちゃいますから。

変身を解いた三田がシーと人差し指を立ててみせて、かわいらしく口止めしたことまでしっかりと記憶に残っている。まるで夢のような現実の話だ。

ここまでされたら、さすがの村崎も彼らの正体を信じないわけにはいかなかった。

そうして改めて三田の話を真面目に聞いてみたところ、彼がギリギリの崖っぷち状態だということが判明してしまったのである。

今回の任務次第で、彼は赤星サンタの称号を剝奪《はくだつ》されるかもしれないというのだ。

つまり、日本時間の十二月二十五日が終了し、日付が変わった時点で対象者の村崎の願いが叶っていないと判断された場合、三田のクビがほぼ確定する。

まあ、彼の実力ではそれも仕方ないのかもしれない。何せ、願いの叶え方が人間の思考と変わらないのだ。あれではサンタを頼る意味がない。

——僕はギリギリです。村崎さんに賭けています。もう後がありません。

しかし真剣な面持ちでそんなことを言われてしまったら、村崎もああそうですかと無下に背を向けることもできなくなる。職業柄、目標に向かって一生懸命努力し、頑張る子どもに弱かった。

自分は成人していると言い張るが、童顔の三田はそういう意味で村崎の心を強く打った。

それに、もし百万が一にも事が上手《うま》く運んだ場合、あの笹本と付き合える素晴らしい未来が待っているかもしれないのだ。

乗りかかった船ならぬソリだ。村崎にできることなら協力してやらないでもない。

しかし、非常に残念なことに、やる気があれば何でもできるというわけではないのだ。

「……おかしいです。どうしてうまくいかないんでしょう」

落ちこぼれサンタはせっせとスプーンを口に運びながら、小首を傾げてみせた。

彼の前には山盛りのカレーライスが置いてある。

村崎が仕事を終えて帰宅すると、アパートの外廊下に三田が倒れていた。隣にはナカイがいて、「目を開けて下さい、聖夜様！」と茶番を繰り広げていたのである。何てことはない、ただの燃料切れだ。

三田は小柄で華奢《きゃしゃ》な見た目を裏切って、どこにそれだけ入るのかと見ているこちらが呆れるほどよく食べる。痩《や》せの大食いというやつだ。そして厄介《やっかい》なことにすこぶる燃費が悪い。顔を合わせるたびに腹をすかせている。

無視して通りすぎようとしたが、あなたは鬼かと泣き叫ぶナカイと口論になり、結局村崎が折れる形で二人を部屋に入れたのだった。

彼らも食べ物は人間と変わらないらしい。興味本位で尋ねた排泄行為も同じだという。

作りすぎた昨日のカレーが残っていたので、渋々それを温め直してやる。カレーライスは黄星サンタ時代を思い出すからとぶつぶつ文句を言っていた三田だったが、背に腹は代えられなかったのだろう。腹の虫を盛大に鳴かせたかと思うと、あっという間に前言を撤回して貪《むさぼ》り始めた。意志の弱いサンタだ。

「何が『どうしてうまくいかないんでしょう』だ」

村崎は呆れ返って怒る気にもなれない。「あんな古典的な方法でうまくいくわけないだろ」

「古典的?」と三田がきょとんとする。

今日もこそこそと村崎の周辺をうろついていた彼らは、ターゲットの笹本を見つけると、いそいそと瓶詰めにした蜘蛛《くも》を取り出してみせた。ぎょっとする村崎に三田は至極真面目な顔で『彼女は蜘蛛が大嫌いだそうです』と耳打ちをしてきたのだ。『今から彼女の肩にこの蜘蛛を置きますので、村崎さんが見つけたフリをして取ってあげて下さい』

しかし結果は散々だった。瓶の蓋《ふた》を開けた三田が何もないところですっ転び、その隙に蜘蛛は逃げ出して、たまたま通りかかった男子中学生の靴底にプチッと無惨《むざん》にも踏み潰《つぶ》されてしまった。肝心の笹本はというと、こちらもたまたま通りかかった赤水と仲良く連れ立って職員室に戻って行ってしまったのである。

三田がもぐもぐと口を動かしながら、「あっ！」と言った。

「いいことを思いつきました。僕とナカイくんが笹本さんにぶつかって、『痛い、骨が折れた！』と治療費を請求するんです。僕たちが笹本さんに絡み、彼女が怯えてるところに、村崎さんがカッコよく登場して……」

「だから古いって言ってるだろうが。いつの時代だよ。却下」

大体、三田のようなかわいい顔に脅されたところで、ちっとも怖くない。

「何かもっとこれっていう、いいアイデアがないのか？　今日だってお前らが俺を呼び寄せて意味のない打ち合わせしてる間に、笹本先生は赤水のヤローと一緒に帰っちゃったんだぞ。最近は廊下や職員室でも二人で話してることが多いし……見たくなくても視界に入ってくるんだよ。そういう時に限って生徒が傍《そば》にいるしさ。小学生に『元気出せよ、パープル』って慰められる俺の気持ちにもなってみろ。ランドセルを背負ってるヤツらに『男は顔じゃないって』とか言われて、肩をポンポンされるんだぞ」

自分で言いながら泣きたくなってくる。

「昨日なんかさ、笹本先生にお前と一緒にいるところを見られて、『あの人は彼女さんですか？』って誤解されるし」

「どうして僕が村崎さんの彼女さんになるんですか？」

「俺が知るかよ。あー、何かもう、お前らのせいで笹本さんとの距離が余計に遠ざかっていってる気がする。お前、実は厄病サンタなんじゃないの？」

「厄病サンタ！」

カチャーン、と三田がスプーンを落とした。「聖也様！」と、横からナカイがすかさず三田の服に跳ねたカレーを布巾《ふきん》で拭《ふ》き、村崎に向けて名誉毀損《きそん》罪で訴えるぞと咬《か》みついてくる。タダメシ食らいが何をほざく。村崎はケッと睨《にら》み返した。こっちはまだ喫茶店での食事代も返してもらっていないのだ。そのくせ、下手な芝居を打ってゴハンを恵んで下さいと村崎の元にやって来る。割に合わない。

過保護なメガネスーツがいつまでもごちゃごちゃとうるさいので、まだガーンとショックを受けている三田とともに、部屋から追い出し鍵をかける。ちゃっかりカレー皿は空っぽになっていた。

部屋の中が一気に静まり返る。

村崎は疲れ果てて、長いため息をついた。

薄っぺらい壁越しに、隣の物音が聞こえてくる。彼らも自分たちの部屋に戻ったらしい。

まだ三田は落ち込んでいるのか、ナカイが必死に励ます様子が漏れ聞こえていた。お子さまのお守りも大変だ。

「まあ、悪い奴らじゃないんだけどな」

村崎は気を取り直してインスタントのコーヒーを淹《い》れる。マグカップを持って、何とは無しにベランダに出た。

「おう、寒っ」

いつの間にかカレンダーが一枚捲《めく》れて、もう十二月だ。さすがに部屋着で外に出るのは寒い。夜空には冴《さ》え冴《ざ》えとした丸い月が浮かんでいたが、綺麗だなと眺めている間にも電気ストーブで温まった頬を冷たい真冬の風が容赦なくなぶっていく。せっかく淹れたコーヒーもすぐに冷めてしまいそうだった。

「寒いな、やっぱり中に入るか」

踵を返そうとした時、仕切りを隔てた隣からカラカラと窓が開く音が聞こえてきた。

村崎は足を止め、思わず息を詰める。

しんと静まり返ったままなので不審に思っていると、声の替わりに小さなため息が聞こえてきた。そしてまた沈黙。

つい気になってしまい、村崎はそっと手すりから首を伸ばしてこっそり隣を覗き見る。

案の定、そこに立っていたのは三田だった。

両手を手すりに乗せて、ぼんやりと紺色の空を見上げている。

珍しく物思いにでも耽っているのか、村崎が近くにいることにも気づかないようだった。

「おい」

声をかけると、三田がびくっと大仰に震え上がった。ハッとこちらを向き、大きな目をぱちくりとさせる。

「む、村崎さん」

「どうした、そんな切ない顔して空なんか見上げて。月に帰りたくなったか」

「僕はかぐや姫じゃありません」

三田がムッとする。サンタクロースも『かぐや姫』は知っているのかと少し意外だった。

「ナカイは？」

「今、お風呂に入ってます。僕はさっき上がりました」

「早っ！　さっきまでうちにいたくせに、カラスの行水かよ。せっかく温まったのに外に出たら意味ねえだろ。風邪引くぞ」

「寒さには強いんで、へっちゃらです」

「サンタあるあるか？　いやへっちゃらじゃないだろ、バカ。ちょっと待ってろ」

村崎は急いで部屋に戻り、タオルと上着を持ってベランダに出た。仕切りの手前から身を乗り出すようにして三田に渡す。「これでしっかり頭を拭いて、こっちは今すぐ羽織れ」

再び村崎は部屋に戻って、ミルクたっぷりの温かいコーヒーを淹れた。ついでにすっかり冷めてしまった自分の分も淹れ直して、急いでベランダに戻る。

「ほら、これを飲め」

「いいんですか？　ありがとうございます」

言われた通りに頭を拭き、上着を羽織った三田がマグカップを受け取って嬉しそうに笑った。さすがに村崎の服は大きすぎたのかぶかぶかだ。長い袖をまくった両手で温かいマグカップを包み、暖を取っている様子を見て、何とも言えない複雑な気分になる。

月に照らされたなめらかな白い頬がほんのりと赤く色付いていた。水分を拭き取った髪もまだ湿り気が残っていて、乾いている時よりも一層くるくるしている。こうやって見ると、ナカイよりも彼の方がやわらかい獣毛にくるまれた愛くるしい生き物みたいだ。やることなすこと空回ってばかりだし、いつも腹をすかせているし、すぐ落ち込むし。もしかしてこいつは一人じゃ生きていけないのではないかと、つい余計な心配をしてしまう。ブツブツ文句を言いながらも、村崎がいちいち世話を焼いてしまうのはきっとそういう理由だろう。ナカイが過保護になるのもわかるような気がする。

猫舌なのか、ふーふーとコーヒーを冷まして一口啜《すす》った三田が「おいしい」と呟いた。

「村崎さん」

「ん？」

「あの」三田がカップの中身をじっと見つめながら、言いにくそうにぽつりと口にした。「笹本さんとのこと……上手くできなくて、ごめんなさい」

村崎は思わず隣を見やる。

「僕、別にふざけているわけじゃないんです。本当に、村崎さんと笹本さんが恋人同士になるにはどうしたらいいかって、きちんと僕なりに考えて動いているつもりなんですけど」

上手くいかないのだと、彼はしょんぼり項垂れた。

悪気があってヘマをやらかしているわけではないことぐらい、村崎も当然わかっていた。今日だって、本当は自分が一番怖いくせに、ぷるぷると震えながら蜘蛛入りの瓶を触っていたし、先日は笹本がそれを好きだという情報を入手して、この時期にどこで摘《つ》んできたのか色とりどりのチューリップを準備してみせた。花と一緒に蜂まで連れてきたので、渡す前に蜂との格闘ですべて散ってしまったが。

まあ、本人もクビがかかっているので必死になるのはもっともだが、何せ要領が悪い。場合によってはこっちが苛々するくらいだ。しかし、村崎のために一生懸命頑張ってくれているのは十分に伝わってきて、それゆえに憎めないのだろう。

塾の生徒しかり、頑張っている奴は好きだ。

努力しても、なかなか結果に現れない生徒も中にはいることだし——村崎はどうやって落ち込む三田を励ましてやればいいか考えていると、ふいに彼が思い詰めたように言った。

「僕は、厄病サンタです」

ぎょっとした。

「いや、待て。それは違うぞ」村崎は慌てて否定した。「あれは言葉のアヤってやつで、真に受けなくてもいいんだ」

「いえ」

しかし、三田はきっぱりと首を横に振る。

「僕がこんなんだから、ナカイくんの前にコンビを組んでいたトナカイさんには、もう付き合いきれないって愛想をつかされてコンビ解消したんです。赤星は特定のトナカイと契約を交わす決まりになっていて、どうしようかと途方に暮れていたところに、ナカイくんと出会いました。彼もちょうど前のご主人と喧嘩《けんか》別れしたところだったので、僕は運が良かったんです。二人で頑張っていこうって約束したのに、不甲斐ない主人で申し訳なくて」

きゅっと口を引き結び俯いてしまった横顔を見て、村崎は焦った。

「……い、いや、そんなことはない。お前は頑張ってるぞ」

思わず手すりから身を乗り出して、隣を覗き込む。「いつもはバカみたいにポジティブ思考で突っ走ってるじゃないか。どうしたんだよ、そんなに思い詰めることないって。ナカイだって、あいつはお前のことを不甲斐ないなんて、たぶんこれっぽっちも思ってないぞ。それにほら、俺も悪かった。一緒に頑張ろうって言ったのに、全体的にお前任せだったからさ。明日からは俺も頑張るから」

くるくるの髪が夜風にふわふわと揺れている。この距離なら、手を伸ばせば届きそうだ。

「だから、な？　そんなに落ち込むなよ」

俯く頭を撫でてやると、びっくりしたのか三田がピクッと小さく身震いをした。

ハッと顔を上げた彼が、丸い目をこぼれ落ちそうなくらい大きく見開いて、村崎を見つめてくる。間を隔てる仕切りがかえって二人の距離を縮ませたのか、思った以上に三田の顔が近くにあって、逆に村崎の方が不意打ちを食らった気分だった。

三田が潤んだ瞳でじっと村崎を凝視する。たじろいだ村崎は、急いで手を引っ込めた。

「村崎さん、優しいです」

「え？」

「今まで僕が担当した対象者の人たちは、そんなふうには言いませんでしたよ？」

少し困ったように、三田は自分の頭を触った。さっきまで村崎が撫でていた場所だ。

「……何て言われたんだ？」

訊き返すと、三田は一瞬の沈黙を挟み、「忘れちゃいました」と笑って答えた。

ウソつけと思ったが、村崎もそれ以上は深く追うのをやめる。

「村崎さん」

「ん？」

「僕、頑張ります。絶対に成功してみせますから。実は、僕もちょっとだけ魔法が使えるん

ですよ」

「は？　本当かよ」

「はい。あまり上手くないので自ら封印してたんですけど、明日は思い切って解禁しようと思います。何だか、今なら上手くいく気がする」

「おいおい、大丈夫か？」

「大丈夫ですよ。任せて下さい！　村崎さんの願いは、絶対に僕が叶えますから」

ね、と三田に笑いかけられた瞬間、どういうわけかドキッとした。

村崎は反射的に自分の胸元を押さえる。何だ、今の胸のときめきは。押さえた手のひらの下で、まだ心臓が妙な鼓動を打っている。まずい、動悸《どうき》が一向に治まらない。

「村崎さん？　どうかしましたか」

すぐ近くで声がして、ハッと我に返った。見ると、仕切りの向こう側から三田が首を伸ばすようにして、心配そうにこちらを覗き込んでいる。

「い、いや。何でもない。だいぶ冷えてきたな、そろそろ部屋に入るか」

いたたまれなくて、咄嗟に彼の視線から顔を反らした。

「お前も早く戻れ。じゃあな、また明日」

「あ、はい！　魔法も頑張ります」

「期待はしてないから、変なことだけはするなよ」

「期待して下さいよ！」

三田がムッとする気配を背中で感じ取る。しかし村崎は振り向かないまま「おやすみ」と一方的に手を振って、さっさと部屋に戻った。


昨日のアレは何だったのだろう。

男の笑顔を見て胸を高鳴らせるなんて、血迷ったとしか思えない。

いや、きっと辺りが暗かったせいだ。だから余計にあの中性的な顔がかわいく見えたに違いない。何せ、顔だけなら村崎の好みド真ん中。あれで本当に女だったら、中身が少々こまったちゃんでも俺の大きな愛でぎゅっと包み込んでやるのに。

というのは、本当にこいつが女だったなら——の話だ。

残念ながら生物学上、れっきとした男である三田は、昨日の今日でまた大失態をやらかしたばかりだった。

「はあ、はあ、はあ、おい！　お前の魔法って、一体どうなってるんだよ！」

「それが僕も、何がなんだか……あれ？　おかしいな」

おかしいなじゃない。村崎は必死に階段を駆け上りながら、背後の三田を睨みつけた。

さっきまで二段下にいたはずの彼との差は五段に広がっていた。

ぜいぜいと肩で息をする三田はもうふらふらだ。

昨夜、彼が解禁すると息巻いていた魔法とやらは、おおよその期待を裏切ることなく失敗したのである。

――この魔法を笹本さんにかけると、今まで気づかなかった村崎さんの魅力に気づいて恋心を持つようになります。

そう言って、それらしく呪文《じゅもん》を唱え出したまではよかった。しかし、三田のポンコツ魔法は職員室に入って来た笹本ではなく、なぜか机で作業をしていたまったく別の人物にかかってしまったのだ。

「おい、早くしろ。ヤツが来るぞ。とりあえず屋上まで……」

バンッと、廊下のつきあたりにある非常ドアが開いたのはその時だった。

「村崎先生、みーつけた」

いつの間にか外階段から先回りしていた赤水が、にっこりと王子スマイルを浮かべて歩み寄ってくる。爽やかな顔とは反対に足取りが鬼気迫っている。

「うおっ！　クソッ、何でそんなところから……おい、三田！　戻れ、早く下りろ！」

「え？　でも下りたら赤水さんに捕まりますよ」

「その赤水がもうそこにいるんだよ。いいから、早く行けって」

「待ってくださいよ、先生。どうして逃げるんですか？　酷いなあ、僕は村崎先生と少しお話がしたいだけなのに」

「何の話をするつもりだよ！　さっきだっていきなり近付いてきて人のケツを揉《も》んでおきながら……うわっ」

後ろから二の腕を取られて、強い力で引っ張られた。そのまま背中を壁に押し付けられたかと思えば、ドンッと顔の両側に手をついた彼に囲まれてしまった。

「村崎先生」間近に迫った赤水が、悪寒《おかん》がするほど甘ったるい声で囁《ささや》くように言った。「今日は何だかいつもに増して素敵ですね。髪、切りました？」

「いや、切ってねえよ。おい、やめろ。それ以上、顔を近づけるんじゃねーよ！　いやいやごめん待って待って、ちょ、ちょっと落ち着こう。な？　あ、赤水先生」

「玲司《れいじ》って呼んで下さい」

「呼ばねーよ！　おい、どこ触ってんだ」

「村崎さん、大丈夫ですか！　赤水さん、村崎さんから離れて下さい！」

ワンテンポ遅れてようやく事態を把握した三田が、青褪めながら間に割って入る。赤水の腰に抱きつき、必死に村崎から引き剝《は》がそうと試みる。

「何だ、このちんくしゃは。まさか君も村崎先生を？　それは……邪魔だな」

赤水が鬱陶《うっとう》しげに腕を勢いよく振るった。「わっ！」突き飛ばされた三田がごろんと踊り場に転がる。「三田！」村崎は慌てて駆け寄ろうとしたが、目の前の赤水がそうはさせてくれない。「あんなお子さまは放っておいて、そこの空き教室で僕と一緒に……」

「ふざけんな、変態レッドが！」

闇雲《やみくも》に撃ちつけた拳《こぶし》が運良く男の鳩尾《みぞおち》にヒットした。赤水が腹を押さえながら低く呻《うめ》いてその場に頽れる。よし、今の隙に。

「大丈夫か、三田！　早く立て、逃げるぞ」

小動物みたいにぴょんと跳ね起きた三田の手を引いて、階段を一目散に駆け下りる。そのまま建物の外に飛び出した。

「はぁ、はぁ……おい。まさかあの魔法の効力って、一生モンじゃないよな」

「それは、大丈夫です。僕の力ではせいぜい数十分が限度ですから。今回は久しぶりだったので、すぐ解けるはずです。この魔法は一回では無理なので繰り返しかけることによって、徐々に笹本さんの心の中に村崎さんの印象スペースを増やしていくことが目的で……」

「わかった、もういい」

我ながら思った以上に低い声が出た。三田がびくっと身震いする。

村崎は摑んでいた手を乱暴に突き放し、戸惑う彼をきつく睨み据えた。これまでの失敗の数々は一生懸命な三田に免じて我慢してきたが、さすがにこれはやりすぎだ。

「あんなポンコツ魔法、封印して正解だ」

感情を押し殺した物言いに、三田がまたびくっとした。

「幸い、生徒がいない時間帯で助かったけど、あんな現場を誰かに目撃されてみろ。俺の方がお前より先にクビになる。赤水まで巻き込んで、あいつまで一緒にクビになったらどう責任を取るつもりだったんだ。普通にやってもダメ、魔法を使ったらもっとダメ。本当に、お前はダメサンタだな！」

一息に叫び終えた瞬間、ハッと我に返った。すぐにしまったと後悔したが、もはや後の祭りだ。一度口から出た言葉をなかったことにはできない。

「……っ、ごめんなさい」

俯いた三田がぽつりと蚊の鳴くような声で謝ってきた。

「い」村崎は焦った。「いや、あのな？　三田、今のはその……」

「すみません。僕、今日はもう帰ります。村崎さんはお仕事、頑張って下さい」

くるくるの頭をぺこりと下げると、三田は回れ右をしてとぼとぼと一人去って行く。

そのしょんぼりした後ろ姿が小さくなるにつれて、茫然と立ち尽くす村崎の胸に罪悪感がひしひしと込み上げてきた。


言い過ぎたかもしれない。

いや、明らかにあれは言い過ぎだ。

「あー、まずい」村崎は頭を抱えた。「いくらなんでも、あそこでダメサンタはないな。アイツの顔、今にも泣きそうだったぞ……」

とぼとぼと去って行く後ろ姿が頭から離れない。もしかすると、村崎に見えないところで泣いていたのではないか。村崎だって『ダメパープル』と言われたら、ちょっと傷つく。

――村崎さん、優しいです。

こんな時に限って、昨夜三田から貰った言葉を思い出すので参った。

結局、三田が過去に係わった対象者からどんな酷いことを言われたのかは訊き出せず仕舞いだ。まさか、村崎まで無意識に同じセリフを口にしてしまっていたとしたら。だとすれば、二重に彼を傷つけたことになる。時間が経《た》つにつれて罪悪感はどんどん膨れ上がり、できることならすぐにでも飛んで帰って三田に謝りたかった。家でめそめそ泣いているのではないかと思うと、心配で仕事がなかなか手につかない。

ちらっと、隣の席を見る。

何事もなかったかのように、赤水がパソコン画面に向かっていた。

三田と別れて、次に赤水と顔を合わせた時にはもう普段の彼に戻っていた。魔法をかけた本人が言っていた通り、効力は極短く一時的なものだったらしい。通常通り、笹本と楽しげにお喋《しゃべ》りしていて、職員室に戻って早々二人の仲の良さを見せ付けられた。

だが、今日の村崎はそれどころではない。

三田の話だと、ナカイは支部の呼び出しを受けて朝から出かけているそうだ。帰りは遅くなるとのことで、今日一日、一人だと言っていた。

授業中、今までにないくらい腕時計を確認してしまう。

ちゃんとメシは食っただろうか。腹を空かせてまた倒れてやしないか。

最後の授業が終わると、村崎は急いで職員室に戻った。高速で雑務を済ませて席を立つ。

「おつかれさまです。お先に失礼します」

「何だよ、もう帰るの？　どうせ暇だろ。この後、飲みに行かないか」

向かいの席から吉野が酒を飲む仕草をしてみせる。いつもなら二つ返事で付き合うところだが、今日は断った。

「すみません、これからちょっと用があるんですよ。また誘って下さい」

「そうなの？　珍しい」

残念そうな吉野に謝って、村崎は職員室を出る。

行きつけのスーパーに寄って適当に食材を買い込み、急ぎ足でアパートに帰宅する。

冷たい夜気に混じって白い息がぽんぽんと丸く弾む。毛玉のような息を吐き出しながら、赤い三角帽の先端にくっついているアレに似ていると思った。

古いアパートを見上げ、自分の部屋より先にお隣を確認する。二階の右から二番目、三田がいるはずの部屋にぽっと明かりが点《とも》っていた。

オレンジ色の窓を見つめて、ホッと胸を撫《な》で下ろす。

階段を上がり、静かに外廊下を歩いて202号室のドアの前に立った。

チャイムを鳴らそうとして、少し躊躇《ため》う。考え直してドアをノックすることにした。

しばらくして、中から「ナカイくん？」と、無邪気に問う三田の声が聞こえてきた。

「いや、村崎だけど」

答えると、ドアの向こう側で息を呑む気配がした。空気を介して、三田が戸惑っている様子が伝わってくる。やはりまだ昼間のやりとりが尾を引いているのだ。いつもならすぐにドアを開けてくれるのに、今日は閉ざされたままだ。

「あのな、三田」村崎は古いドアに向けて話しかけた。「昼間のことは悪かったよ。お前も一生懸命なのに言い過ぎた、ごめんな」

「……」

気まずい沈黙が落ちる。じーじーと外灯の音がやけにうるさい。

「な」不安に耐え切れず、村崎は無理やり会話をつないだ。「なあ、三田。もう遅いし、腹が減ってるんじゃないか？　今日はナカイがいないんだろ」

「……」

「も、もしよかったら、あれだ。うちに来いよ。これからメシを作るから一緒に食べよう」

「……」

「ビールも買ったし、飲みながらこれからの対策を立てるぞ。ほら、クビにならないために頑張るんだろ？」

少し待ったが、三田の返事はなかった。村崎は小さく息をつく。薄っぺらなドア一枚分の距離が果てしなく遠く感じる。足音がしないから、すぐそこにいることはいるのだろう。聞こえているはずの彼にむけて「待ってるからな」と声をかけ、自分の部屋に戻った。

急いで着替えて、夕飯の仕度に取り掛かる。

早く来い――玄関をちらちらと気にしながらざくざくとキャベツを切り、ホットプレートを温める。そわそわとしながらボウルに粉を入れて卵と水で溶いていたところに、ピンポーンと、待ち望んでいたチャイムが鳴り響いた。

「来たか！」村崎は危うくボウルをひっくり返しそうになりながら、急いで玄関に駆けつける。「いらっしゃい」

ドアを開けると、そこには三田が立っていた。気まずそうに俯いてもじもじしている。

「あ、あの、えっと、村崎さん、僕……」

「待ってたんだぞ」

「え？」

村崎はドアを大きく開け広げて、きょとんとする三田に顎《あご》をしゃくった。「なに突っ立ってんだよ、ほら入れ」

戸惑う三田の手を半ば強引に引っ張って、部屋に招き入れた。おろおろと狼狽《うろた》えるくるくる頭をくしゃりと混ぜて、「こっちだ」と六畳間に導く。

最後に顔を合わせてからまだたった七時間ほどしか経っていないのに、三田は随分とやつれて見えた。

目元が赤らんでいるのも気になる。三田が部屋に籠《こも》り一人で泣いている姿を想像した瞬間、村崎の心臓は罪悪感という名の刃にめった刺しにされた。

「三田!」

「は、はいっ」

彼がびくっと背筋を伸ばす。

「これからお好み焼きを作るぞ。いっぱい食べろよ」

「……お好み焼き?」

しょんぼりしていた三田の目に、微《かす》かな輝きが生まれる。

「お好み焼きって、わかるか?」

「僕、それ初めてです。名前を聞いたことはあるんですけど」

「そっか。だったらちょうどいいな。待ってろ。今、焼いてやるからな」

三田がこくこくと頷いた。村崎は内心でよし、とぐっと拳を握る。これで三田の心の傷を少しでも癒せるのなら安いものだ。

学生時代に格安で購入したホットプレートに油をひいて、豚バラ肉を並べた。軽く両面を焼いて、その上からタネを流し入れる。

「これで、ちょっと蓋をして待つんだ」

「そうなんですか……あっ、プツプツしてきましたよ！」

玄関ではなかなか目も合わせてくれなかったのに、透明なホットプレートの蓋が曇《くも》り始めると、期待に満ちた顔で村崎を見てきた。

もともと単純なのは知っていた。だがこうまであからさまだと、いっそかわいくすら思えてくる。外見もまだ学生みたいなものだが、中身は塾の小学生たちとあまり変わらない。

「よし、そろそろいいかな。引っくり返すぞ」

いい具合に焼けてきたので、村崎はコテを両手に持ってスタンバイする。三田が何をするのかと興味津々に見つめている。生地の両側からコテを差し込み、タイミングを計って一気に引っくり返した。くるんと綺麗に返ったお好み焼きを前に、興奮した三田が「うわあ！」と拍手を寄越す。

「すごい！　すごいです、村崎さん！」

「え？　そうか？　これくらい、そんなにたいしたことじゃないんだけどな」

あまり褒められると照れる。大学時代、関西出身の友人に半ば強制的に『粉物会』という男ばかりのアヤシイ集会に引きずり込まれたことを思い出す。毎週のように粉物パーティーをしていた成果が、まさかここで発揮されるとは思わなかった。

こんがりした表面に香ばしいソースを塗って、マヨネーズにかつお節、青海苔《あおのり》をトッピングする。三田は熱でくねくねと身を躍らせるかつお節の存在が気になるようだ。

「さあ、できたぞ。熱いから気をつけて食べろよ」

割り箸《ばし》を割って渡してやる。三田が割ると箸は半分ではなく、大抵上四分の一がくっついたまま五対三の割合に別れるので、いつも持ち難《にく》そうにして食べている。普段は甘やかさないが今日は大サービスだ。

「いただきます！」

三田が嬉々としてお好み焼きにかぶりついた。大きな目が更に一回り大きくなる。

「どうだ？」

「おいしい！」三田が口にソースをべっとりつけて叫んだ。「村崎さん、これすごくおいしいです！」

「そりゃよかった」

村崎は三田の口周りをティッシュで拭いてやりながら、内心ほっと胸を撫で下ろす。すっかりいつもの三田だ。下手な言葉よりも胃袋を満たしてやるのが一番だった。

「どんどん食っていいぞ。次、焼くからな。そうだ、お前もやってみるか」

「いいんですか？」

あっという間に一枚をペロッと胃におさめて、ホットプレートを見つめていた彼が目をぱちくりとさせた。

「何事も経験だぞ。ほら、これを持って。コテをこうやって両手に持って、構えはこうだ」

村崎がやってみせた通りに、三田が真似をする。なかなか様になっている。

「よし、いいぞ。そしたら生地の両側からそっとコテを差し込んでみろ。そうそう、上手い上手い」

三田の横顔が真剣だ。集中すると唇があひるのように尖《とが》るのはこいつのクセだろうか。

「裏側はもう焼けてるな。その状態でキープだ。いいか、一、二、三でこう、手前にむけて引っくり返すんだ。いいか、落ち着け。一、二、三だぞ」

「は、はい」

ふしゅーっと三田の鼻息が荒くなる。

「よし、行くぞ。一、二、――三！」

「せいやっ」

変な掛け声と共に宙に舞ったお好み焼きは、ベシャッとホットプレートから半分外に飛び出し、着地に失敗した。

「ご」三田がさあっと青褪める。「ごめんなさい、ごめんなさい！」

「……いや、大丈夫だ。気にするな」

「あわわっ、村崎さんの顔に黄色い生地がついてます。頭にもキャベツが！」

「え？」村崎は飛び散った半生の生地を拭《ぬぐ》いながら、頭を三田に傾ける。「どこに？　ちょっと取ってくれよ」

取り除いたキャベツをじいっと見つめる三田のテンションが、どんどん下降していくのに気づいた。ハッとした村崎は慌ててコテを持ち、はみ出したお好み焼きを強引にプレートの中心に戻す。「ほら、こうやって焼けば大丈夫だからな。初めてで成功する方が珍しいんだぞ。要は慣れだ。何度もやってればそのうち上手くいく」

しょんぼりと俯いた三田がちらっと申し訳なさそうに見てくる。テストの点が悪かった時の生徒の様子に似ていた。村崎は内心苦笑して、大丈夫、大丈夫とくるくる頭をぽんぽん叩《たた》いてやる。半分飛び散って薄っぺらになってしまったお好み焼きは村崎の皿に移し、新しい生地を流し入れた。

「次は持ち上げたらちょっと位置をあっち側にずらして、それから引っくり返してみろ。引っくり返す時もゆっくりじゃなく、思い切って一気にやるのがコツな」

三田にコテを握らせる。戸惑いつつも、三田はホットプレートを睨みつけぶつぶつと呟《つぶや》き始めた。「ちょっとあっちにずらして、それから一気に引っくり返す……」

不器用な三田の初体験だ。おおよその期待を裏切らず、二枚目、三枚目……と、連続して薄っぺらなお好み焼きが出来上がり、ようやく見事な着地を決めたのは五枚目を引っくり返した時だった。

「や」自分でも信じられなかったのか、目を丸くした三田が叫んだ。「やりました！　やりましたよ、村崎さん！」

「おう、すごいぞ！　上手くいったじゃないか」

村崎も思わず興奮してしまった。「頑張ったな三田。えらい、えらい」

頭を撫でてやると、三田がくすぐったそうに首を竦《すく》めてみせた。エヘヘと嬉しそうに笑っている。こいつはおそらく褒めて伸びるタイプだ。赤水の件に関しては、もう何も言わなくても十分すぎるほど反省しただろう。まあ、泣かれるよりは笑ってくれる方がずっといいか。

村崎は焼き方のコツを摑んで張り切る三田を眺めながら、こっそり微笑んだ。

底なし胃袋を鑑《かんが》みて、大量のキャベツと生地を用意したつもりだったが、それもあっという間に減っていった。

焼いた傍から三田の胃袋におさまり、すでに数人前を一人で消費している。自分で焼きながら食べるというスタイルが気にいったのか、えらく楽しそうだ。

そんな三田を肴《さかな》に、村崎の横にはビールの空き缶が増えていく。

人間の年とサンタ年齢が一致するかどうかは知らないが、成人サンタの三田は飲みっぷりもすごかった。あの童顔で「ビールは水みたいなものです」と言われると、ちょっと胸がきゅんとした。何気にカッコイイ。

白桃みたいに頬をぽっぽとピンク色に染めた三田が、ふいに動きを止めた。

「どうした？　さすがにもう胃袋が限界か」

「いえ、まだ平気です」首を横に振った三田が、ある一角をじっと見つめて訊いてきた。「あのぬいぐるみは、村崎さんのですか？」

「ぬいぐるみ？」

釣られるようにしてそちらを見やり、村崎はぎょっとした。クマのようでいてクマではない、何なのかよくわからないへんてこなぬいぐるみ。昨日、思い出したように押入れから引っ張り出したことをすっかり忘れていた。これが意外とでかい。

「あ、あああれはだな。別に変な趣味があるわけじゃないんだぞ？　その、子どもの頃にもらったもので、何というか、捨てるに捨てられない……く、クリスマスプレゼントだったんだよ。ほら、お前らが急に俺の前に現れるから、ちょっと懐かしくなって……」

「サンタクロースからのクリスマスプレゼント？」

「そ」村崎は頷く。「そうなんだ！　朝起きたら枕元に置いてあったんだよ」

今でも不思議だが、幼少時代に本当にあった話だ。当時の村崎が朝目を覚ますと、枕元にあのぬいぐるみが置いてあった。だが、父親も母親もそんなものは知らないと首を傾げたのだ。まだ幼かったので、村崎はサンタクロースが本当にやってきたのだと信じて疑わなかった。しかし無邪気な息子とは反対に両親は気味を悪くして、それを処分しようとしたのである。今となっては、彼らの気持ちがよくわかる。だが当時の村崎は、それはもう散々泣き喚《わめ》いてぬいぐるみを手離そうとしなかった。

結局、引っ張り合ってぬいぐるみの腕がもげたのだ。それでまた大泣きし、見兼ねた親が何やらの類《たぐい》がないか調べてもらったのだろう。おそらく、誰かに預けて盗聴器やら【ぬいぐるみの病院】にそいつを入院させてしまった。それから一週間くらい経って、そいつは村崎の手元に戻ってきたのだった。もげた腕もきちんと直っていた。

その後しばらくは、そいつと一緒に眠ったのを覚えている。

「さすがに小学校の高学年あたりになると、恥ずかしくなってやめたけどな」

部屋の隅、壁にもたれかかるようにして座っているぬいぐるみ。座高だけで五十センチほどもある大きなものだ。茶色い布を縫い合わせたそれは一見クマだが、尻《しり》にはトカゲの尻尾《しっぽ》のようなものがくっついていて、よく見ると耳は三角形。目はなぜか黒いボタンと赤いボタンで左右の色が違いちぐはぐだ。腹は白く、半月形のポケットが付いていた。縫い付ける際に誤ったのか、左に四十五度傾いている。

はっきり言って、ブサイクだった。

「けどまあ」村崎は妙に憎めないそいつを見て、小さく笑った。「ゲン担ぎっていうの？　実家にいる時から、何かある日はそいつの頭を撫でてから出かけるクセがついててさ。大学に受かってこっちに引っ越す時も、何となく持ってきちゃったんだよ」

「あれ、僕のです」

「は?」

「あのぬいぐるみ、僕が作ったものなんです!」

すっくと立ち上がった三田が、薄汚れたぬいぐるみに駆け寄る。村崎はぽかんとして、不可解な彼の言動に首を傾げる。

「子どもの頃、近くの工場に忍び込んで、落ちていた布の切れ端やボタンを拾い集めて作ったんです。工場長にはまったく相手にされませんでしたけど。でも悔しくて、こっそりサンタクロースのプレゼント袋の中に混ぜておいたんですよ」

三田は薄汚れたぬいぐるみを矯《た》めつ眇《すが》めつして、「あ!」と声を上げた。

「ほら、見て下さい。このマーク、僕のマークと一緒でしょ」

「マーク? どこにそんなもの……うおっ⁉」

いきなりポンッと、三田が赤と白のサンタ服に変身する。驚いてビール缶を落としそうになる村崎に、三田は「これです、見て下さい」と赤い衣装の裾を捲ってみせた。

男のクセに妙に触り心地の良さそうな乳白色の肌が垣間見える。不覚にもドキッと胸を高鳴らせてしまった。

「ほら、ここです。魚のマークがついているでしょ」

「うへっ」動揺しておかしな声が出た。「ああいや、マークだろ? ど、どこだよ……」

ここですと三田が腹を突き出してくる。つるつるした肌をなるべく見ないようにして、村崎は裾の裏側を確認した。確かに、丸で囲ったその中に魚のイラストが描いてある。

一筆書きの簡単な輪郭に丸い目がちょこん。子どもの落書きだ。

なぜ魚なのかは知らないが、ぬいぐるみの曲がったポケットの内側にも同じマークがついていた。今初めてその存在に気がついた。

「やっぱり、僕が作ったものだ」と三田が感激したように言った。

「すごいです、これを村崎さんが持っているなんて！　てっきり当時の黄星サンタさんに見つかって、廃棄処分にされたんだと思ってました。それが、子どもの頃の村崎さんの枕元に届いていたなんて」

「まあ、そうだったら確かにすごいよな」

「すごいなんてもんじゃないですよ！　毎年、サンタクロースが配るプレゼントの数は膨大なんです。その中に紛れ込ませたこのぬいぐるみが、ちゃんと誰かに届いて、しかも今その人とこうやって一緒にいるなんて……」

三田が興奮気味に村崎を見つめてくる。

「僕たち赤星サンタも、対象者を決める時は抽選なんです。僕は、それで村崎さんを引き当てました。もうこれは運命としか言いようがないと思いませんか！」

あまりにも嬉しそうにはしゃぐから、うっかり村崎まで「そうだね」と頷いてしまいそうになった。そういえば最近も、どこかでその言葉を聞いた気がする。あれはどこだったか。

――運命の出会いが訪れますよ！

ハッと我に返った。そうだ、インチキ占い師。

村崎はふと思い直して、三田を見た。考えてみれば、あのインチキ予言の後にこいつが蕎麦を持ってうちにやって来たのだった。

「村崎さん、どうかしましたか？」

急に黙り込んでしまった村崎を不審に思ったのだろう。三田が顔を覗き込むようにして訊いてきた。

「何でもない。あんまりそいつにくっつくなよ。ずっと押入れの中にいたからカビ臭いぞ」

「そんなことないですよ」と、三田がぬいぐるみを幸せそうに抱き締める。

「僕、今すごく感動してます」

「……そっか？」

はいと頷いた三田が、「村崎さん」と呼んできた。

「僕が作ったぬいぐるみ、ずっと捨てずに持っていてくれたんですね。すごく嬉しいです。ありがとうございます」

にっこりと微笑まれた瞬間、ドキンッと心臓が底から突き上げられたみたいにして大きく跳ね上がった。どうしたのか、急速にドキドキと動悸が激しくなっていく。

「うっ」

「どうしたんですか、村崎さん。何だか顔が赤いです」

「いや、何でもない。この部屋、ちょっと暑いな」

「だったら窓を開けましょうか」

「いや、いい。大丈夫。暑いとビールが美味いし。そこの缶、一本取ってくれ」

テーブルの上のビール缶を三田が手渡してくれる。プルトップを引き上げて、のぼせた頭を冷やすためにひたすらビールを呷《あお》った。

まだ動悸が治まらない。かつてないほどの速さで脈打ち、そのうち心臓が皮膚を突き破って飛び出てくるんじゃないかと思ったくらいだ。

三田がブサイクなぬいぐるみを抱き締めて首を傾げている。その三田を、ぬいぐるみのように抱き締めてやりたいだなんて――そんなことを、一瞬でも思ってしまった自分の思考回路が信じられなかった。

「村崎さん、大丈夫ですか？　ちょっと飲みすぎじゃないですか」

サンタ服の三田が、ぬいぐるみを元の場所に戻して心配そうに訊いてきた。

「ん？」村崎は笑う。「大丈夫、へいきへいき」

「でも、目が据《す》わってます」

「だいじょーぶだって。ほら、三田も飲め飲め。今日も一日よく頑張った、おつかれさん」

「僕は」三田がさっと顔を曇らせて項垂れた。「頑張れませんでした。村崎さんに迷惑をかけてばっかりで」

「んー？　そんなに落ち込むなよ。まあ、あれだ。裁縫の腕もいまいちだけど、もうちょっと魔法を勉強した方がいいかもな。とりあえず、まったくの見当ハズレってわけでもないみたいだし。ほら、赤水もあれは一応、魔法が効いたってことだろ？　かける相手を間違えたってだけで。ま、それが一番の問題なんだけどな」

まあ、飲め。とプルトップを開けて三田に渡してやる。軽く缶をぶつけて乾杯した。三田がぐいっとビールを呷る。いい飲みっぷりだ。村崎も負けじと缶を空ける。

「僕、頑張ります」

「おう」村崎は三田の華奢な肩をバンバン叩いた。

「期待してるぜ。サンタしゃん」いかん、呂律《ろれつ》が回らなくなってきた。「そうだ、試しにこのビールに魔法をかけてみたらどうだ。惚れ薬とか作れないの？　飲んで最初に見た相手を好きになるとか……あー、無理か。ああいうのを作るには魔女レベルの魔力が必要か」

「そんなことないですよ！　僕だってやろうと思えば……」

三田がムッとした。そうして村崎の手のビール缶をじっと睨み付ける。

「今から魔法をかけます」

「え？　いや、今のは冗談だって。無理するなよ」

「無理じゃないです。僕だってアカデミー時代にはちゃんと魔法の講義を受けたんです。このくらい朝飯前ですよ。スゴイのを作りますからね、いきますよ」

両手をむけて、せいやっと妙な掛け声をかける。ポンッと軽い空気音が弾けた。

村崎は目をぱちくりとさせた。

しかし、手元のビール缶に特に変化は見られない。村崎の手も違和感はなかった。

「どうですか」

「いや、どうですかって……あ」

村崎は見つけてしまった。魔法は缶ではなく、テーブルの上にかかっていたのだ。

青海苔とかつお節がふわふわと宙に舞う。皿の上には先ほど焼き上がったお好み焼き。しかし円形だったそれは、なぜかハート型になっていた。

しかも、マヨネーズで『LOVE』のメッセージ付きだ。

「……ブッ」

これにはさすがの村崎も笑いを堪えきれなかった。

「ぶハハハハ！　何だこのカワイイのは、どっかのメイド喫茶に出てきそうだな！」

ノーコンにもほどがある。

アルコールが回っているせいもあるかもしれない。大笑いが止まらない。涙を浮かべ腹を抱えて笑っていると、むくれた三田がくるんと背をむけてしまった。

「ちょっと失敗しただけです。そんなに笑わなくてもいいじゃないですか」

「ごめんごめん、そんなに拗《す》ねるなよ。カワイイって、このハートのお好み焼き…ブハッ」

ムスッとした三田が無言で村崎の手から皿を引っ手繰った。『LOVE』と描かれたそれに、自らむしゃむしゃとかぶりつく。

すっかりへそを曲げてしまった三田は、お好み焼きを口いっぱいに頬張っている。パンパンの頬がハムスターみたいだ。

かわいいヤツ。

ふと、そんな感情が湧いた。くるくる頭のふわふわな毛も、今日は何だかいつもに増して触り心地が良さそうだ。ピンク色の頬も、柔らかそうな唇も。酔った頭でぼんやり眺めていると、どうしてもそこに触れてみたいと、うずうずとした衝動が込み上げてくる。

「そうだ」腹が満たされて少し機嫌が戻ったのか、三田が振り返った。「村崎さん、僕が考えた今後の対策なんですけど……む、村崎さん？」

大きな目がびっくりしたみたいに見開いた。

村崎も我ながら驚く。三田との距離が、いつの間にか二十センチほどまで縮まっていた。彼から出ている見えない何かに引き寄せられるようにしてふらふらと畳の上を這《は》い、迫る。すぐ目の前に三田のかわいらしい顔があった。

「む、むむ村崎さん！」

「……青海苔が付いてる」

「え？」

三田が一瞬面食らったような顔をしてみせた。「あっ」と、慌てて唇を拭う。恥ずかしそうに耳まで真っ赤に染め上げて――そんな仕草が全部、村崎にはかわいく思えて仕方がない。魔法は本当に不発だったのだろうか。実は今飲み干したビールにもかかっていたんじゃないか。

村崎はムラムラする気持ちを持て余すように熱い息を吐く。三田が乱暴に擦り、ぷるんと揺れるみずみずしい唇に、今すぐ吸い付きたくて堪《たま》らない。

ごくりと喉が鳴った。

「そこじゃない。こっち」

「え？　どこですか……んぅっ」

三田の唇は思った以上に柔らかかった。柔らかくて、心地よくて、甘い。

胸板をドンドンと叩かれて、一旦離れる。はあはあと涙目の三田が何かを言いかけたが、待てなかった。再び咬みつくようにして唇をきつく塞ぐ。夢中で吸い付き、舐《な》め回しているうちに、強烈な睡魔に襲われて、最後は唐突に意識が途切れた。

○○○

ドサッと体重が圧《お》し掛かってくる。

力が抜けて自分の体すら支えるのが難しい状態の三田は、急に電池切れになった玩具みたいに覆い被さってきた村崎を受け止められず、一緒になって畳の上に倒れ込んだ。

「……ううっ」

目を開けると、すぐそこに瞼《まぶた》を閉じた村崎の顔がある。

「わっ！」

慌てて肩を突っ撥《ぱ》ねて、急いで彼の下から這い出た。そのまま壁際まで逃げて、恐る恐る振り返る。

村崎は床に転がったまま動かない。

三田はへなへなとその場にしゃがみ、腰が抜けたみたいにぺたんと座り込んだ。

茫然としながら手の甲をそっと湿った唇に押し当てる。その瞬間、カアッと火を噴いたかのように顔が熱くなった。

——何だったのだろう、さっきのは。

まだ唇が腫れぼったい。生々しい感触がまざまざと蘇《よみがえ》ってくる。

村崎の顔が近いなと思ったら、いきなり彼に唇を塞がれたのだ。あっという間のことで、よける余裕もなかった。しかも唇を合わせるだけでなく、口の中まで熱い舌が入ってきたか

と思えば余すところなく舐め回されて、混乱に陥った三田はまったく動けなかった。

村崎はどうしてあんなことをしたのだろうか。

三田は経験こそ初めてだったが、それが何かは知っていた。以前コンビを組んでいた初代トナカイの彼があまりにも世間知らずな三田を心配して、基本的な知識を教えてくれたからだ。けれども、ああいうことは好きな者同士がする行為じゃないのか。

ハッとする。まさか、村崎は三田のことを――?

「でも、村崎さんは笹本さんことが好きなのに」

村崎は床に転がったまま動かない。

少し心配になって、恐る恐る四つん這いで近付く。慎重に彼の顔を覗き込む。

村崎はクカーと寝息を立てながら、気持ち良さそうに眠っていた。

テーブルの上から空き缶が一つ床に落ちて、畳の上を転がる。村崎が飲んでいた物だ。気づけば何本も空いていて、村崎からもアルコール臭が漂っていた。

訊きたいことがあるのに、これでは無理だ。

どうしようと途方に暮れていると、村崎の唇が目に入った。電灯の明かりを反射して、艶《なまめ》かしく光っている。濡《ほ》れているのだ。

三田はカアッと体を火照《て》らせて、咄嗟に自分の口元を強く拭っていた。さっきまであそことくっついていたのは自分のこの部分だ。意識すると、途轍《とてつ》もない羞恥《しゅうち》に襲われる。

「……うぅん」

村崎が寝返りを打った。

三田はびくっとして、すぐさま全身を硬直させる。

「ひっ！」

横を向いた村崎が左足を大きく伸ばし、いきなり四つん這いになった三田の背中に乗せてきた。まさか起きているのでは——三田は急いで村崎の顔を確認するが、彼はクカーと口を半開きにして寝入っている。ホッと胸を撫で下ろしたのも束《つか》の間、そのまま今度は右足を三田の腹の下に忍ばせてきて、胴体をぐっと両足で挟み込んできたのだ。

何て寝相の悪い人なんだろう。一度眠ると人形のようにびくともしないナカイとは大違いだと思う。それとも人間はみんなこんな恰好で寝ているのだろうか。

腰にがっしりと絡み付いた足が徐々に三田の体を自分の方へと引き寄せる。三田は畳に爪《つめ》を立て、引き摺《ず》られないよう必死に踏ん張った。村崎は本当に寝ているのかと疑うくらい、ぐいぐいと足で三田を締め付けてくる。いよいよ恐怖を覚えた。

三田が踏ん張るので、村崎は自分の足に引っ張られるようにしてどんどん密着してくる。ごりっと脇腹《わきばら》に何か硬い物が当たったのは、その時だった。

「い、痛た……っ」

村崎は三田のちょうど腰骨の辺りにぐりぐりと硬いそれを押し付けてくる。

これは体勢が悪い。三田はどうにか体をよじって、膝で必死に踏ん張りながらタコの吸盤のようにくっついてくる村崎の足を外した。

それだけでもう三田の息は上がってしまい、くたくただ。

「……ポケットの中に、何か入ってるのかな」

このまま寝るのなら、それは出しておいた方がいいだろう。硬い物だったので寝返りを打つ時に邪魔になる。三田は親切心で村崎の部屋着のポケットに手を入れた。

「……あれ？」

しかし、ポケットには何も入っていない。だが指の先には確かに硬い感触が当たって、不審に思った三田は裏地越しにそれを摑んでみる。

「はっ……ふぅん」

寝ているはずの村崎が妙に熱っぽい声を漏らした。

びくっとして慌ててパッと手を離す。恐る恐る村崎の様子を確認すると、何事もなかったかのようにすやすやと寝息を立てている。ホッと胸を撫で下ろした。

「ポケットの中じゃないのかな。何だろう、これ」

首を傾げつつ、スウェットのウエストをそっと引っ張ってみた、ゆっくりと下げようとしたそのタイミングで、「うーん」となぜか村崎が伸びをするように畳の上をずり上がる。

どうやら三田の手はスウェットと一緒に下着まで摑んでいたらしい。伸びをした村崎の下半身が中身だけもぞもぞと上に移動する。

「――！」

突如、ぶるんと目の前に飛び出してきたそれに、三田は目が点になった。

一瞬、思考が固まって、次にあわあわとした。他人のものを、それもこんなに大きいものを見るのは初めてだが、それが何なのか心当たりは十分にあった。男の下肢《かし》についているそれ――自分にとってとても馴染み深いものだからだ。これは物ではない。村崎本体。

「ど、どうしよう、これ……」

急いで下着の中に納めようとしたが、硬くそそり立つそれをどうやって折り曲げたらいいのかわからない。下手に触るとポキッと折れてしまいそうだ。表面にはどくどくと血管が浮いていて、黒い茂みの中からぬっと立派に聳《そび》え立つ姿は、もうそれだけで一個体の生き物のようだった。太く、力強く、脈々と息づき、電灯に照らされて、いっそ神々しくすらある。色も形も大きさも、三田のものとはまったく違う。人間ではこれが通常なのだろうか。

「あわわわ……あ、そういえば！」

元相棒がこんなことを言っていたのを思い出した。

――ただの生理現象っすよ。男ならよくあることですからね。聖夜さんも時々は中に溜《た》まったモノを外に出してやらないと。恥ずかしがって放っておいたら、そのうち病気になっちゃいますよ。どうすればいいって、うーんと、だから……。

そうだ、彼が説明してくれたのはまさにこういう状態のことだった。これだけ硬く張り詰めてしまったら、一旦中に溜まったモノを外に出してやらなければいけない。そうしないと病気になってしまう。

三田自身はまだこんなふうに腫《は》れ上がった経験がない。一人前の男と認められていないようで情けなかったが、ここは仕方ない。処置方法は元相棒の解説に頼るしかなかった。

寝そべった村崎の横に正座をし、反り返る股間《こかん》を見つめる。

「……手で、扱《しご》く……一心不乱に、扱く……村崎さんが病気にならないように、扱く……」

心得を唱えつつ、ドキドキしながら村崎の屹立《きつりつ》に手を触れさせる。予想以上に熱を持っていて、思わずパッと一度離してしまった。

「……ふう、ん」

村崎が熱っぽい吐息を漏らす。こんなに腫らして苦しいに違いない——三田は気を取り直して、再び太いそれを両手でしっかりと支えた。ごくりと喉《のど》が鳴る。

「力を入れすぎないように、ゆっくりと、上へ……下へ……」

屹立を懸命に扱いていると、最初の頃よりもまた少し大きくなったような気がした。やがて先端の鈴口がひくひくと開いて徐々に粘液が滲《にじ》み出てくる。やったと思う。このまま続けて中に溜まったモノを全部排出すれば、下肢のこの腫れも引くはずだ。

眠ったままの村崎が悩ましい吐息をこぼした。

低く喘《あえ》ぐようなそれを聞きながら必死に手を動かしていると、次第に三田の呼吸も荒くなってくる。溢《あふ》れ出てくる粘液のせいで手がねっとりと濡れていた。村崎の呼吸音と同調するみたいに、はあはあと息を乱し、同時に興奮した心臓もドキドキと大きく脈打っている。

ふいに、ずきんと下肢が疼《うず》いた。

「……っ！」

ズキズキと差すような痛みを覚えて、思わず自分の下腹部を見下ろす。急にどうしたのだろうか。村崎を扱く手を止めて、恐る恐るサンタ衣装のズボンをずり下ろした。

目に飛び込んできた生々しい光景に、三田はひどいショックを受けた。村崎と違っておとなしかったはずのそこが、初めて硬く張り詰め、首を擡《もた》げていたからだ。

「僕まで病気に……どうしよう」

三田は泣きそうになった。だがぐずぐずしている暇はない。意を決して、村崎のよりは随分と小ぶりな自分のそこに手をかける。凶器のような村崎のものと比べて見た目のインパクトは劣っていても、触れると同じぐらいに熱かった。

「……ひっ」

村崎の体液でぬるついた手のひらで包み込むと、自分の手なのにびくっと身震いしてしまった。おずおずと腫れ上がったそこを摑んでゆっくりと扱き始める。

「……ふっ、……はあ……はあ…う…ふん、はあっ」

こんなふうに自身に触るのは初めてのことだった。いつしか夢中になっていた。下肢にぐっと重く熱が溜まってきて、これを早く外に出さなければとそれだけを考える。怖々《こわごわ》とぎこちなかった手の動きが、徐々に滑らかに激しくなっていく。止まらない。

「——ああっ！」

目の前に真っ赤な火花が散った。ぶるりと大きく胴震いして、一心不乱に扱き上げたそこがぱしゃっと何かを吐き出す。

四肢から力が抜けて、荒い呼吸を繰り返しながら三田はしばらく茫然と座り込んでいた。ねっとりとした自分の手をぼんやり見つめる。付着しているそれが、村崎のものなのか自分のものなのかもうよくわからなかった。ただ、この行為が苦痛をともなうものではなかったことが、三田を戸惑わせる。

「どうしよう……ちょっと、気持ちよかった……」

「うぅん……」

村崎の寝言でびくっと我に返った。ハッと見ると、むにゃむにゃと口元を動かしている彼の前髪と顔面に白いものが飛び散っている。三田は一気にさあっと青褪めた。あれは、さっき自分が吐き出したものではないか。

とんでもないことをしてしまった。まさか村崎に自分の体液をかけてしまうなんて。

あわあわと急いで拭く物を探し、テーブルの上にあった布巾で必死に彼の顔を拭った。途中、村崎が意味のわからない寝言を呟きながら、唇に付着した白濁をぺろりと舌で舐め取ってしまう。あっ、と思ったが、どうすることもできない。舐めても大丈夫なのだろうか。心配になったが、村崎は相変わらずすやすやと熟睡している。

どうにか白い粘着物質が消えてホッとすると、今度は半分剝《む》き出しになった下肢のことを思い出した。

「どうしよう、まだ硬いままだ」

三田のそこはもうおとなしくなって、すっかり赤ズボンの中に納まっていた。やはり中に溜まったものを出さなければ駄目なのだ。再び三田は太くそそり立った村崎に手を添えて、一生懸命に扱き始めた。浮き上がった血管がびくびくと震えて、一旦止まっていた粘液が鈴口から溢れ出す。はあはあ、と村崎の息遣いに合わせて三田もまたおかしくなりそうだ。

バタンッと、どこかからドアの開閉音が聞こえてきたのはその時だった。

ぎくりとした三田は、咄嗟にぎゅっと手の中のものを握り締めてしまう。村崎が低く呻いた。次の瞬間、顔を上げようとした三田にむかって、何か生温かいものが勢いよく吹き上げてくる。

「！」

ぱしゃっと顔面に叩きつけるようにして、粘り気のある液体が広がった。

一瞬、何が起きたのかわからなかった。

独特の匂いが鼻をつき、とろりと頬を滑った白濁が唇の隙間から口腔《こうこう》に入ってくる。初めて舐めた青臭い味が舌を刺激すると共に、これは村崎が放ったものだと頭が理解する。

わけもわからず、カアッと顔が熱くなった。

「あ、あれ？　何で？　どうしよう、ドキドキして、何か変だ……っ」

胸が痛いほどに鼓動し、脳裏には思い出したくもないのについさっき村崎にキスされた時のことが蘇ってくる。舌にはまだ白濁の痺《しび》れるような味が残っていて、なぜだかそれはとても淫靡《いんび》なものに感じられた。けっしておいしいものではないのに、ドキドキする。思わず喉の渇きを覚えて、ごくりと唾を飲み込んでしまった。村崎の体液を取り込んだ胃が沸騰したように熱くなる。

「あ！」

鎮まっていたはずの下肢にまた鋭い痛みが走って、三田は愕然《がくぜん》とした。

恐る恐る見下ろしてぎょっと目を瞠《みは》る。赤ズボンをむっくりと押し上げる卑猥《ひわい》な股間。自身の変化が信じられなかった。まったく理解できず、今度は本気で泣きたくなる。

どうしよう、どうしよう、どうしよう。

怖くなった三田は、まだ少し芯《しん》の残る村崎の下半身を無理やり下着の中に詰め込みスウェットを引き上げると、股間を押さえながら急いで隣の自宅に逃げ帰った。

■3■

――眩しい……。

いつになく光を感じて目を開けると、辺りはすっかり明るくなっていた。

カーテン開けっ放しの窓から朝日が差し込み、ちょうど村崎の顔を照らしている。

「……んあ？　何で俺、こんなところで寝てるんだっけ」

布団の上ですらない。畳の上に転がり、なぜかスウェットが捲れ上がり、ずり下がっている。腹を出して半ケツ状態だ。

ぼりぼりと頬を掻きながら、村崎はむくりと体を起こした。「痛っ」頭痛がして、こめかみを押さえる。床に直《じか》で眠っていたせいか背中や腰も痛い。

半分しか開いていない目を擦りつつ髪を掻き上げると、前髪の一部がごわついた。

「……あー、そういえば」

ようやく記憶が蘇ってくる。昨夜は三田と一緒にお好み焼きパーティーをしたのだ。

「あいつが引っくり返した残骸《ざんがい》が飛んできたんだっけ。結構、飲んだな。三田は……」

狭い部屋を見回したが、姿はどこにもなかった。「あいつ、いつの間に帰ったんだ？」

酔っ払った村崎が先に寝てしまったので、仕方なく隣の部屋に戻ったのだろう。村崎もいつ自分が落ちたのかさっぱり覚えていない。

「悪いことをしたな。こっちが誘ったのに」

驚いたことに、あれだけ飲み食いした部屋の中は、綺麗に片付いていた。

台所の床には洗ったホットプレートが立てかけてある。空き缶はすべてレジ袋にまとめてあり、食器類も綺麗に洗って拭いてあった。窓は閉めっぱなしだったので匂いがこもっているが、まさか三田が後片付けをしてくれたとは意外だった。

「……あいつ、家事ができたんだな」

妙に感心してしまった。

村崎は空気を入れ替えるために窓を開けて、浴室にむかった。カピカピの髪を洗ってさっぱりする。

お好み焼き臭いスウェットを洗濯機に放り込み、着替えてベランダに出た。

いい天気だ。伸びをして頭上を仰ぐ。水色の空が広がっているが、やはりキンと澄み切った冬の風は冷たい。全身が引き締まる気分だった。朝日が気持ちいい。

ふと隣の様子が気になって、手すりから身を乗り出した。

覗いてみるとカーテンが閉まっている。まだ寝ているのだろうか。

ベランダには洗濯物が干してあった。

そよそよと十二月の風に揺れているのは、赤いサンタ服一式だ。

「……おいおい」村崎は呆れた。「こんな物を堂々と干すなよ。ご近所さんに誤解されるぞ」

途中からサンタ服に変身していたから、お好み焼きの匂いが染み付いてしまったのかもしれない。さすがにサンタクロースがソースの匂いをぷんぷんさせていたらまずいだろう。帰宅して早々ナカイに怒られたか。

しゅんとした三田が、風呂場でごしごしとサンタ服を洗っている姿を想像してしまった。

思わず口元がゆるむ。

「かわいいヤツだなあ」

ハッと我に返った。無意識に呟いたその一言に、村崎はぎょっとする。何だ今のは？　何で俺はそんなバカなことを口走ってるんだ。

ブルンブルンと首を横に振って、自分で自分の頬を両手で思いっきり叩いた。やり過ぎて目に涙が滲む。きっと昨夜の酒がまだ残っているに違いない。ひりひりと痛む頬を、冷たい風が容赦なくなぶってゆく。

「……さむっ」

身震いした村崎は、さっさと室内に戻った。さて、今日も仕事だ。

しかし、部屋の隅が視界に入った途端、不覚にもまた口元がゆるんでしまった。三田の声が脳裏で再生される。

――もうこれは運命としか言いようがないと思いませんか！

「いかんいかん、俺はどこの変態だ」

村崎は頭を抱える。壁にもたれてこっちを見つめてくるのは、ブサイクなぬいぐるみだ。


出勤時刻になり、家を出た村崎はお隣のチャイムを鳴らした。

「……おはようございます」

ドアが開き、顔を出したのはナカイだった。こいつはスーツ以外の服を持っていないのかと不思議になる。

「おはよう。三田はいる？」

「……聖夜様でしたら、先ほどお出かけになりました」

「え」村崎は目を瞬《まばた》かせた。「一人で？　どこに」

「お仕事です」

「仕事？　仕事って何の。あいつの仕事って俺に張り付いていることじゃないのか」

「馬鹿《ばか》にしないでいただきたい。サンタクロースもいろいろと忙しいんですよ」

ナカイが切れ長の目を眇めてぴしゃりと言った。「それでは、私も忙しいので」と一方的にドアを閉められる。

何だ、あいつはいないのか。村崎はがっかりした。どうせ村崎の後を追いかけて来るのだから、一緒に行けばいいと思ったのだが。そうか、今日は別の仕事が入っているのか。

「……がっかりって何だよ。別にがっかりなんてしてないし」

「村崎さん」

「うおっ」

びくっとして、村崎は咄嗟に振り返る。閉まったはずのドアから、なぜかナカイが再び顔を出していた。

「び」村崎は独り言を聞かれたのかとドキドキする。「びっくりするだろ！　勝手に引っ込んだくせに急に出てくるなよ」

「何をそんなに慌てているんですか」

ナカイが白けた声で言った。しかし思い直したみたいに部屋の中を振り返ると、こそこそとドアの隙間から身を滑らせるようにして外に出てくる。

「な、何だよ」

「昨夜は、私の留守中に聖夜様がお世話になったそうで」

「昨夜？」村崎は拍子抜けした。「ああ、まあな。あんたが留守だって聞いたから、メシに誘ったんだよ。腹を空かせて部屋で倒れでもしてたら困るだろ」

「食事をしただけですか？」

「は？」

村崎は思わず首を傾げる。「まあ、酒も飲んだけど。俺の方が先に潰《つぶ》れたみたいで、いつあいつが部屋に戻ったのか全然わからなかった。そっちはもう帰ってたのか」

「いえ。私が帰宅した時には、もう聖夜様は布団に潜っておられました。眠ってはいないようでしたが」

「へえ」村崎はそうだったのかと思う。「そういえば、起きたら部屋が綺麗に片付いてたんだよ。三田が珍しく……」

「それでしたら私です」

「え？」

「失礼ながら、私がお邪魔して洗い物を済ませておきました。よほどお疲れだったのか、村崎さんはまったく起きる気配もありませんでしたけれどね」

「……あ」真実を知って、村崎はなぜだか非常に残念な気持ちになる。「そうなんだ？」

ナカイがずれてもいない眼鏡を押し上げて、「ところで」と訊いてきた。

「本当に食事だけだったんですよね」

「？　そうだけど。他に何をするんだよ。三田は何時ぐらいに帰ってくるんだ？」

「さあ、私には何とも。それよりお時間は大丈夫なんですか」

言われて、村崎はハッと腕時計を確認した。

「うわっ、もうこんな時間か。今日は講師会議があるのに。帰ったら、また寄る。三田に伝えておいてくれ。昨日、あいつの好きなプリンも買っておいたんだけど、冷蔵庫に入れっぱなしで忘れてたんだよ。それ、持って行くから」

「一応、伝言は預かっておきます。いってらっしゃいませ」

愛情の一つも感じられない素っ気無い言葉で見送られて、村崎はアパートの階段を駆け下りる。この時は、まさかナカイの話がすべてデタラメで実は三田はどこにも出かけておらず部屋の中にいたとは、夢にも思わなかった。


結局、三田が仕事場に現れることはなかった。

ひそかに彼が来るのを待っていた村崎は、もやもやとした気持ちを抱えたまま帰宅した。いつも「村崎さん、村崎さん」と鬱陶しいくらいに纏わり付いてくる相手がいないと、それはそれで物足りないものがある。

別の仕事とやらが長引いているのだろうか。昨日はナカイも支部に呼び出されていたようだし、三田も入れ替わりで出かけることになったのかもしれない。でもそれなら、何か一言あってもよさそうなものだ。皆勤賞だったのに、急に休まれるとこっちも落ち着かない。

あらかじめナカイから事情を聞いておいてよかった。もし知らなかったら、彼の身に何かあったのではないかと余計な心配をするところだった。

まだ出会ってたったの十日ほどだが、すでに三田は村崎の生活の一部になっている。その事実に困惑を隠せない。移動するたび、自分の右隣に三田一人分のスペースを空けて歩いていることに今日初めて気づき、何だか途轍もなく悔しかった。

アパートの前まで来ると、自分の部屋よりまず先に隣の202号室をチェックする。台所の小窓にオレンジ色の明かりが点っている。中にいるのはナカイ一人なのか、三田も帰宅しているのか。

急いで階段を駆け上って、202号室のチャイムを鳴らした。

「しつこいですね、新聞は間に合っていると言ったでしょう。おまけの洗剤で釣ろうったってそうはいきませんよ……あ」

顔を出したナカイが村崎の姿を認めた途端、言葉を飲み込んだ。

「新聞の勧誘が来たのか」

「そ」ナカイが珍しく声を裏返す。「そうなんですよ。な、何ですか村崎さん、今日は随分と早いお帰りで！」

いきなり声を張り上げたので、村崎はぎょっとした。

「うわっ、びっくりした。何だよ、急に大声出すなよ。近所迷惑だろ」

辺りをきょろきょろと見回した後、腕時計を確認する。「別に早くないじゃないか。いつもとそんなに変わらないぞ。三田はもう帰ってるのか……」

どたんばたん、がらがらがっしゃん。

突然、部屋の奥から騒がしい物音が聞こえてくる。

「何だよ、帰ってるんじゃないか」

「い」ナカイがなぜか村崎の視界を遮って言った。「いいえ、今のは私です」

「は？　あんたはここにいるだろ。おい、三田！　プリンがあるぞ」

「プリンは食べません！　聖夜様はまだ帰宅しておりません。村崎さんも早く自分の部屋に戻ったらどうですか」

「いや、いるだろ。さっき奥でバタバタしてたじゃないか」

ドアの隙間から覗き見ようと首を伸ばすと、すかさずナカイが邪魔をしてきた。

「あれは私の後輩トナカイです。今、教育期間中なんですよ。聖夜様ではありません」

「でもこれ、あいつのスニーカーだろ。後輩の靴なんか見当たらないぞ」

「トナカイは窓から入るものです。さあ、もうお帰り下さい。あの子はまだ人間に耐性がないんです。恐《こわ》がらせないで下さい。びくびく怯《おび》えているじゃないですか」

「……怪しい」

村崎は眇めた目でじいっとナカイを睨み据えた。いつもは毅然《きぜん》とした彼が「な、何も怪しいことなんかありませんですよ！」と、明らかに狼狽してそっぽを向く。

「わかった。じゃあ、今日は帰るよ。三田が戻ってきたら壁でも叩いて知らせてくれ」

ナカイがホッとしたように頷く。「わかりました」

「――と、見せかけて」

「ああっ、何て卑怯《ひきょう》な！」

一瞬の隙をつき、村崎はナカイを押し退《の》けて部屋の奥を覗き込んだ。

そして決定的な証拠を目撃する。台所と六畳間のちょうど境目、壁の陰からふわふわくるくるの特徴的な頭髪が見え隠れしていた。

「やっぱりいるんじゃないか」

村崎は思わずムッとして声をかけた。「何でそんなところに隠れてるんだよ、三田」

くるくるの天パがびくっとしたように揺れた。かと思うと、慌てて壁の向こうに引っ込んでしまう。その露骨な態度に村崎は唖然《あぜん》とした。何で今、俺を避けるように逃げたんだ。

「もういいでしょう」ナカイが力尽くで村崎を外廊下に引き摺り出した。「さっさとお帰り下さい。聖夜様はあなたにお会いしたくないと言っているんです」

「は？　何で」

「それはこっちのセリフです。自分の胸に手を当ててよく考えていただきたい！」

バタンと締め出されてしまった。

村崎は一人廊下に立ち尽くす。どういうことなのか、さっぱりわけがわからない。

大体、三田に会いたくないと拒絶される理由にまったく心当たりがなかった。

まさかまだ昨日の失敗を気にしているのだろうか。いや、あの話は昨夜のお好み焼きパーティーで終わったはずだ。だとすれば、何が原因だ。

考えたが、三田が楽しそうにお好み焼きを引っくり返している場面しか思い出せない。

「何なんだよ、まったく」

部屋に戻ってからも、村崎は三田の態度が気になって何も手につかなかった。部屋をうろうろしながら首を捻る。

「もしかして、俺が先に酔い潰れたことを怒ってるのか？　一人で寂《さび》しかったとか……」

呟いた時、玄関ドアがコンコンと控えめにノックされた。

咄嗟に期待した。三田に違いない。先ほどの理解不能な態度を弁解しに来たのだろう。きっとそうだ、そうに違いない。村崎は玄関に急ぐ。

「……何だ」

ドアを開けて、がっかりした。昨夜のように、三田が戸惑いがちに俯いて立っているのを期待したのに。

「何だとは何ですか」

ナカイが不愉快そうに右眉《みぎまゆ》をぴくりと跳ね上げた。「先ほどはそちらの方から強引に押しかけておいて」

「その俺を締め出したのは誰だよ」

その言い草に苛ついて言い返すと、「しいっ、声が大きい」とナカイに叱《しか》られた。

「聖夜様はただいま入浴中ですが、万が一にも気づかれたら困ります」

益々《ますます》もって意味がわからない。村崎はうんざりする。

ナカイが声を潜めて言った。

「私もさすがにこのままではよくないと思い、事実確認に参りました」

「事実確認？」

「単刀直入にお伺いします。昨夜、聖夜様と一体何があったんですか」

あまりにも真剣な顔をしてナカイが問い詰めてくる。村崎はぎょっとして一歩後退《あとずさ》った。

その拍子にナカイが距離まで詰めてくる。村崎は背中を壁に張り付けて表情筋を強張《こわば》らせた。

「何って、だからメシを食っただけだって」そもそも何でそんなことを気にするのかわからない。「あんただって、この部屋に入ったんだから見ただろ。ホットプレートでお好み焼きを焼いていただけだ」

「確かに」ナカイが頷いて言った。「空き缶はそこかしこに転がって、お好み焼きの生地も床にまで飛び散っており、拭き取るのに大変苦労しましたが……特に変わった物はなかったように思います」

「そうだろ？」

「あえて気になった点と言えば、村崎さんが非常に気持ちの悪い——いえ、意外なご趣味をお持ちだということぐらいでしょうか。少々精神状態を疑う類のぬいぐるみでしたが」

チラッと部屋の奥に視線を走らせる。村崎も釣られるようにしてそちらを見て、「ああ」と納得した。部屋隅にでんと座っている大きなぬいぐるみ。赤と黒のオッドアイがこっちを見つめている。

「あれは三田が作ったものなんだよ」

「聖夜様が？」

「昔、子どもの頃に作ったらしい」

それがどういう経緯で村崎の手元に届いたのかを掻い摘《つま》んで説明した。

「その話をしてる時は本人も興奮して、大はしゃぎだったんだぞ。というか、ここに来てからはずっと楽しそうにしてたんだ」

だから尚更《なおさら》、彼のあの不自然な態度が理解できなかった。

ナカイが少し考えるような間をあけて、言った。

「昨夜、私が帰宅すると、聖夜様はすでに布団の中に入っておいででした」

起こしてはいけないと、物音を立てないように気をつけて部屋に入ったのだという。すると、どこかからすすり泣く声が聞こえてきたらしい。

「まさか」村崎は眉をひそめた。「三田が泣いていたのか？」

ナカイが「ええ」と頷く。

「私も驚きました。一体何があったのかと問い詰めたのですが、聖夜様は布団にくるまったまま『何でもない』とおっしゃって、それっきり出てきてはくれず……」

冷蔵庫の中に夕食の準備をして出かけたのだが、それは手付かず残っていた。もしやとナカイは彼の空腹を心配したらしい。しかし、布団の中からは食事は村崎と一緒に済ませたとの返事があった。部屋をそのままにして戻ったのを三田が気にしていたようなので、後片付けは彼に代わってナカイが引き受けることにした。

「何があったのか、村崎さんなら知っているのかと思ったのですが、呑気に眠っていらっしゃったので」

「……悪い」

「聖夜様は眠れなかったのか、今朝は目を真っ赤に腫らして食欲もありませんでした」

「あいつが？」

「そうです。あの聖夜様がバナナをたった一本食べただけで、もうおなかがいっぱいだと仰《おっしゃ》ったんです。こんなことは私たちが出会ってから初めてのことですよ。私の心配もよそに、聖夜様は今日は調子が悪いと再び布団に潜り込んでしまわれました。そして、蚊の鳴くような声でこう仰ったのです」

――もし村崎さんが来たら、僕はいないって伝えて欲しいんだけど。

「一体、どういうことなのでしょう」

ドン、とナカイが壁に手をついた。村崎は逃げ道を塞がれる。昨日の魔法にかかった赤水といい、男にこんなことをされてもちっとも嬉しくない。

「そんなのは」村崎は突っ張ったナカイの腕をチョップで叩き落し、慌てて立ち位置を変えた。「こっちが訊きたいよ！　俺なんてわけがわからないのに避けられてるんだぞ。居留守なんか使われて、傷ついてるのはむしろ俺だ」

「そうされる何かが昨夜この部屋で起こったはずなんです。さっさと思い出して下さい」

「だから、思い出せって言われても、特別なことは何も……」

ふいに、三田がぷいとむくれてそっぽを向く姿が脳裏をよぎった。

はてと村崎は考える。あれはどの場面だったか。懸命に記憶を手繰《たぐ》り寄せる。

――今から魔法をかけます。

そうだ、缶ビールを惚れ薬にしてみせると言って、三田が魔法をかけたのだ。結果はハートのお好み焼きが出来上がった。それを村崎が大笑いし、むくれた三田は一人でお好み焼きにかぶりついていた。口いっぱいに詰め込んで頬を膨らませる横顔が、ハムスターみたいだなと思った覚えがある。かわいいなと思ったのだ。思って、そして……。

「――あ」

唐突に記憶が蘇った。

「思い出しましたか！」ナカイが村崎の胸倉を摑んで容赦なく揺さぶってくる。「さあ、さっさと答えて下さい。何があったんです」

「うん、いや、その……」

はっきりと思い出した。思い出したが、さすがにこれはナカイには言えない。

そうか、これが原因だったのか。村崎は内心で頭を抱えた。それだったら、三田に避けられる理由もすべて納得がいく。まずい。学生時代にバカ騒ぎをした友人たちなら笑い話ですませるところだが、相手はあの三田だ。どう弁解しようか。

「吐きなさい、さっさと吐け！」

ナカイに揺さぶられながら、村崎はどうしようかと必死に思考をめぐらせる。

三田は、村崎に無理やりキスされたことを怒っているのだ。

〇〇〇

ゆっくり温まって下さいね。ホットアップルサイダーの香りの入浴剤を入れておきましたから。いいですか、いつものようにシャワーを浴びるだけでは駄目ですよ。ゆっくりです。

そうナカイに言われ、三田はいつもの何倍も時間をかけて風呂から上がった。

あまり浴槽に浸かる習慣がないので、白い肌が茹蛸《ゆでだこ》のように赤く火照っている。

古くて歩くたびに床が軋《きし》む安普請。しかし値段の割にちゃんとバス・トイレ付きで、しかもセパレートなところがナカイのお気に入りだった。三田はというと、特にこだわりがないので仮にトイレが共同だとしても不満はない。でもその場合はナカイが別の場所に部屋を借りるだろうから、対象者との距離を縮めやすい今回の物件は運が良かったといえる。

だが、三田は縮めすぎてしまった。

昨夜のことを思い出すと、顔から火を噴いて倒れてしまいそうだった。

あの後、お隣から急いで戻った三田はそのまま布団の中に潜り込み、あろうことか二度目の自慰に耽《ふけ》ってしまったのである。

村崎の寝顔を見ながらの一度目は無我夢中だった。二度目は布団の中だったのに、なぜか村崎の顔が浮かんできた。彼に激しいキスをされた時のことを思い出して、あっけなく果ててしまった。

「……僕は、ふしだらなサンタだ」

寝巻きのボタンを留めながら、猛烈な罪悪感に苛《さいな》まれる。

どうしてあんな時に村崎の顔を思い浮かべてしまったのだろう。さすがの三田でも、それがよくないことくらいわかる。風呂場に一人こもって汚れたサンタ服を洗っていると、村崎に申し訳なくて涙が溢れてきた。悪いと思っているからこそ、どうしようもなく後ろめたくて顔を合わせられないのだ。三田の恥ずかしい行為を彼に知られて、軽蔑《けいべつ》されるのも堪らなく恐かった。

それにと、三田は昨日からずっと気になって眠れなかった出来事を考えた。

恐る恐る自分の唇に指を這わせて、カアッと全身を火照らせる。

ここに、確かに村崎の唇が触れたのだ。

彼はどういうつもりで三田にキスなんかしたのだろうか。自分の常識ではキスというのは好意を持つ相手とするもので、だとすると、村崎がそれを三田にする意味がわからない。わからなすぎて、モヤモヤする。

村崎と会わない替わりに、今日は一日中ずっと彼のことを考えていた。

村崎のことを思うと、なぜだか急に鼓動が速くなる。理由はまったくもってわからない。だが、このままだと非常にまずいということはわかる。なぜなら三田はサンタクロースで、村崎の願いを叶えるためにここにいるからだ。クリスマスまであと三週間を切った。村崎と顔を合わせることなく願いを成就させるのは、今の三田には難しい。

けれども、村崎の顔を見た自分が一体どういう反応をしてしまうのか。我ながら想像もつかなくて、家から出るのが恐ろしい。

さっきだって、せっかく村崎が訪ねて来てくれたのに、結局三田は会うことができなかった。居留守だとばれてしまったし、きっと村崎は気を悪くしたはずだ。

「どうしよう……」

三田は重いため息をつく。お風呂でゆっくり温まっても、心のモヤモヤは一向に晴れそうになかった。ため息をつきながら、ぺたぺたと台所を歩く。

「ナカイくん、お風呂上がったよ。ごめんね、長湯しちゃって。ホットアップルサイダーって甘くていい匂いだね。思わず僕、飲んじゃいそうになって……」

「ホットアップルサイダーって何だよ」

六畳間に足を踏み入れた途端、三田は金縛りにあったみたいに固まってしまった。胡坐《あぐら》を組んだ村崎が茫然と立ち尽くす三田を見つめている。

目を大きく瞠る。ちゃぶ台の横に座っていたのはナカイではなかった。

「む、むむむら……っ」

焦った三田は咄嗟に回れ右をした。玄関ドアに向かって一直線に走る。しかし一歩踏み出したところで「おい、どこに行くんだよ」と、あっけなく村崎に捕まってしまった。

「そ」三田はパニックになる。「外、ナカイくんを、お風呂、だから」

「ちょっと落ち着け」

村崎が三田の両肩に手を乗せて言った。「ナカイはうちにいる。俺がお前と話をさせて欲しいと頼んだんだ。だからあいつのことは心配しなくてもいい。今頃は隣でテレビを観てる」

村崎の声を聞くだけで、三田の心臓は今にも壊れてしまいそうなほど高鳴っていた。摑まれている手首にまで心臓が移ったみたいに全身がドキドキしている。

軽い咳払いをした村崎が、落ち着き払った声で言った。

「とりあえず、あっちの部屋に戻ろう」

「……」

三田は村崎に手を引かれ、黙って従う他なかった。のろのろと歩く足が絡まって転んでしまいそうだった。

「座ろう」と、座布団の上に誘導される。ふらふらと腰を下ろすと、首にかけていたバスタオルを村崎が引き抜いた。広げて、三田の濡れて真っ直ぐに伸びた癖毛頭に被せる。ごしごしと拭いてもらう間、三田は自分が石にでもなったつもりでじっとしていた。

バスタオルを畳んだ村崎が、三田と向かい合って座った。

膝をつき合わせる。しかし三田は、とてもではないけれどまともに村崎の顔を見ることができなかった。俯いたまま毛羽立った畳の目をじっと睨み付ける。

「あのさ、三田」

村崎が口を開いた。三田はびくっと自分でも驚くほど全身を震わせた。

気まずい沈黙が落ちる。

少し間を置いて、気を取り直すように村崎は一つ息をつくと、「昨日のことなんだが」と言った。そして次の瞬間、なぜかいきなり三田にむけて頭を深々と下げてみせたのだ。額が畳にくっつきそうなほどで、それは俯いていた三田の視界にもしっかりと入った。

「悪かった！」

「え？」

あまりに予想外の謝罪に、三田はわけがわからなくてぽかんとなる。

「む、村崎さん、どうしたんですか」

びっくりしすぎて思わず顔を上げてしまった。村崎は両手をついて頭を下げたまま動かない。いよいよ三田は慌てた。

「お前がさ」土下座をした村崎が申し訳なさそうに言った。「俺を避けていた理由がようやくわかったんだよ」

「……え」

三田はぎくりとした。心臓が音を立てて凍りついたような気分だった。

まさか、自分の不埒《ふらち》な行為を村崎はすべて知っていて――。

「ぼ、僕」三田はさあっと青褪めた。「ご、ごめんなさ……」

「本当に悪かった！　酔っ払っていたとはいえ、お前にキスなんかしてごめん」

「え？」

村崎が畳の上からちらっと目線だけを上げて三田を見つめてくる。

「お前が俺を避けていたのは、そのせいなんだろ？」

三田は反応に困った。

「ごめんな、酔っ払っていたせいか実はすっかりそのことを忘れていて、思い出したのがついさっきだったんだ」

バツの悪そうな村崎を、三田は茫然と見つめ返した。混乱する思考を必死に整理する。彼が言っているのはキスのことだけだろうか。その後のことは覚えていない？

再び沈黙が落ちた。

どちらが先に口を開くか、互いに相手の様子を窺っている感じだった。三田は緊張してこくりと唾を飲み込む。思い切って「あの」と訊いてみた。

「どうして、村崎さんは僕にキス……あんなことを、したんですか？」

村崎がようやく頭を上げる。ゆっくりと上体を戻し、困惑したように答えた。

「いや、それが俺にもよくわからなくてさ。お前を見てたら、ムラムラしてきて」

「ムラムラ？」

村崎がうっと言葉を詰まらせ、急にしどろもどろになる。「ああいや、その、何ていうかだな、こう、胸が急にドキドキしてきたというか……」

ドキドキ？　村崎が？　三田を見ていてそんな気持ちになったというのか。それはつまりどういうことなのだろう。

三田はハッと息を呑んだ。なぜか三田の心臓までが俄《にわか》にドキドキしだして、慌てて胸元をぎゅっと押さえる。何なんだろう、この激しい動悸は。

「それで俺は考えたんだけど」と、村崎が真面目な顔をして言った。

「あれはもしかして、お前の魔法が関係しているんじゃないか?」

「え?」と、三田は思わず訊き返してしまった。

「ほら、お前はビールを惚れ薬に変える魔法をかけただろ? でもそれは失敗して、替わりにハート型のお好み焼きができたわけだ」

「……はい」

改めて言葉にして言われると、とても情けなかった。

「だけど、本当はあのビールにも魔法が分散してかかっていたとしたら? お好み焼きとビールで半分ずつ。まあ、もとがもとだから効力はかなり落ちるだろうが、でもそう考えたらいろいろと納得できる。俺が急にドキドキしだしたのも、ビールを飲み干した後だったし。お前もあのハートのお好み焼きを一人で食っただろ。何ともなかったのか?」

問われて、三田は目から鱗《うろこ》が落ちたような気分だった。

そうか。全部、魔法のせいだったとしたら。

言われてみると、なるほどそうとしか思えなくなってくる。三田の初心《うぶ》な体が急に発情期を迎えたトナカイのようになってしまったのも、魔法が原因だとすればすべて説明がつく。

――よかった、僕はふしだらなサンタじゃなかった……。

ホッと安堵《あんど》する一方で、どういうわけか、少しだけがっかりしてしまう自分がいることに気づく。三田は内心で首を捻った。何をそんなに落ち込む必要があるのか、自分でもよくわからず戸惑う。

「三田、何か思い当る節があるのか」

黙り込んでしまった三田を心配して、村崎が顔を覗き込むように訊いてきた。

慌ててかぶりを振る。「い、いえ。僕は何ともなかったです」咄嗟に嘘をついてしまった。

村崎がホッとしたように「そうか」と頷いた。

「とにかく、昨日は本当に悪かった。こんなことは謝っても取り返しがつかないけど、許してもらえないかな。お前に避けられるのは、正直言って結構キツイんだよ」

「……僕の方こそ、ごめんなさい」

三田はふるふると首を横に振った。「ああいうのは僕、初めてだったので、びっくりしただけなんです。居留守を使ってごめんなさい」

「へっ」と村崎が変な声を上げた。

「は、初めてだったのか。そうか……そうだよな。すまん、心の底から悪かった！」

再び村崎が深々と頭を下げてくる。「でもほら、男相手のキスなんてものは、カウントする必要はないんだぞ。あれは犬としたようなものだと思って綺麗さっぱり忘れていい。お前の本当のファーストキスは、お前がちゃんと好きな相手とした時に初めて一回目をカウントすればいいんだからな」

力説されて、三田は少々複雑な思いになる。

村崎としたキスは、犬とするのと同じなのだろうか。

それは何か違うんじゃないかなと思いつつ、村崎があまりにも一生懸命に否定するので三田はこくりと頷いた。村崎がホッと肩の力を抜く。その様子を見た三田は、何だか胸が無性にざわざわとした。

村崎が「よし」と膝を両手で叩いた。

「明日から、また一緒に頑張るぞ」

「はい、よろしくお願いします。もうクリスマスまで三週間を切りました」

「そうだな。早いよなあ、もう一年も終わるのか。のんびりしてられないぞ。俺も明日からはもっと積極的にアピールするよう努力していく。赤水に負けっぱなしじゃ癪《しゃく》だからな」

村崎が悔しそうに言う。

三田はああそうかと思った。今更だが、村崎は笹本のことが好きなのだ。村崎が本当にキスをしたい相手は笹本で、自分とのあれは犬としたようなものなのだ。犬にたとえられたのは実は三田の方だったのだと気づく。

「三田？　どうしたぼーっとして。大丈夫か」

「は、はい」

思わず俯いてしまった顔を跳ね上げると、なぜか村崎がぐっと顎を引いた。

困ったように目を宙に泳がせて、「ちゃんと上まで閉めなさい」と、ナカイみたいなことを言いながら二つ開いていたパジャマのボタンを留めてくれる。

張りのある髪の毛が三田の顎をつつくようにしてくすぐってくる。

村崎の顔がすぐ傍にあると思った瞬間、どういうわけか心臓が早鐘のように鳴り始めた。

ドキドキして、一旦冷めた頬が再びお風呂上がりみたいにカッカと熱くなる。三田は狼狽えた。もしかして、三田だけまだ魔法の効力が持続しているのではないか。

ボタンを留め終えた村崎が妙に語調を上げて言った。

「よっ、よーし、頑張るぞ。まずは笹本先生を食事に誘ってみるってのはどうだ」

「いっ、いいと思います。僕も全力でサポートします」

「おう、任せたぞ」

「はい！」

ドキドキする胸を誤魔化《ごまか》すように、三田は精一杯声を張った。

■4■

赤水にかけた三田の魔法は、ポンコツらしくものの十分程度ですぐ元通りに戻った。それを踏まえて、村崎がかかった魔法は奴よりもっと早く効力が切れてもおかしくない。少なくともお好み焼きとビールとに魔法が分散したようだし、その時点ですでに力は半減している。その後すぐに寝てしまった村崎は、翌朝目覚めた時点でとっくに元の状態に戻っていると考えられた。更に数日が経ち、魔法にかかったことなどもうすっかり忘れて、平凡な日常を送っている。

「――のはずなのに、俺の体に一体何が起こってるんだ！」

村崎はカツ丼を掻き込みながら頭を抱えた。

仕事場近くの定食屋。狭い店内は昼時とあって賑《にぎ》わっている。その中でも人垣ができているのが、中央のテーブルだった。

「おいおいまだ五分しか経ってないぞ」

「すごいな、スピードが全然衰えねえ」

「こりゃ、新記録が出るんじゃないか？　ちっこい兄ちゃん、頑張れ」

やんややんやと声が上がる中心にいるのは、三田だ。『特製大盛カツ丼　二十分で食べ切ったら無料！　さらに賞金五千円！』に挑戦中なのだった。隣でナカイが「ファイトです、聖夜様！」とエールを送りながら、せっせと水を注いでいる。

底なし胃袋にはありがたいシステムだ。ストップウォッチを持った大将が早くも焦り始めている。

隅っこの席に移動してカツ丼の並みを黙々と食べていた村崎は、大盛り上がりの人垣を眺めた。おじさんたちの後ろ姿から垣間見えるくるくる頭。ひよこみたいにぴよぴよしていて愛らしい。あの作業着のオッサンが邪魔だ。小さい体でもりもり食べる姿はハムスターのように頰を膨らませてよりかわいらしいのに――。

「まだあと十分残ってる。兄ちゃん、余裕でいけそうだ！」

ハッと我に返って、村崎は慌ててかぶりを振った。

愛らしいとか、かわいいとか。三田の形容がどんどんよからぬ方へと傾いている。

あのお好み焼きパーティーの夜から、村崎はどうにもおかしいのだ。

三田を見ると、やけにそわそわして落ち着かない気分になる。以前は傍でうろちょろされるのが鬱陶しくてたまらなかった。しかし今ではそれが当たり前になって、目につくところに彼の姿が見えないと逆に心配になってしまう。

何なんだろう、この気持ちは。

「出たああ！　新記録達成！」

中央が一気に騒がしくなった。三田がどうやら完食したらしい。大将が悔しそうにストップウォッチを睨みつけている。ナカイは涙ぐみながら万歳をして大いにはしゃいでいた。

「村崎さん！」三田が嬉しそうに駆け寄って来た。「見て下さい、賞金をもらいました。五千円！」

金一封と書いた封筒を掲げてみせる。米粒をつけながら無邪気に笑う姿になぜか胸がきゅんとして、村崎はコップの水を一息に飲み干した。

「お、おう。よかったな」

「はい！　あのこれ、村崎さんが使って下さい」

「え？」村崎は目を瞬かせた。「何でだよ。お前がもらった金だろ」

「でも、最初からそのつもりで挑戦したんですよ。言ったじゃないですか。賞金を獲って笹本さんとのデートの軍資金にするって」

きょとんとした三田に言われて、村崎は焦る。「いや、あれは冗談だって。本気にするなよ。お前の胃袋を満たせて、なおかつ金も貰えるなら一石二鳥だなって思っただけだよ」

大体、笹本とはデートどころかまともに話をするのもままならない。どうも最初に仕掛けた三田とナカイの奇襲がいまだ尾を引いているようだった。彼女に警戒されている節がある。すっかり打ち解けた赤水に比べて、村崎には明らかによそよそしい。その差は歴然で、さすがの村崎でもこれがどういう状況なのかは薄々勘付いていた。しかし、このまま黙って赤水に持っていかれるのは少々困る。悩みどころだった。

——お前、次の査定次第じゃ赤星をクビになるかもしれないんだって？

偶然、聞いてしまったのだ。昨日の夜、コンビニに出かけようとドアを開けた時のことだった。

隣から声が聞こえてくるかと思えば、三田がいた。もう一人はナカイかと思いきや、初めて見る顔の男だった。何だか深刻そうで、部屋を出るタイミングを逃してしまう。村崎は僅《わず》かに開けたドアの隙間から、二人の様子をしばらく窺っていた。

どうやら相手は三田の先輩にあたる人物らしかった。ドアの前に立ち、三田はしゅんと項垂れていた。

——亡くなった親父《おやじ》さんと約束したんだろ、絶対に赤星になるって。大体、お前は人間に情を移しすぎる。もっと事務的にこなせと言っているだろう。頑張ってせっかく試験にも受かったのに、一度も人間の願いを叶えずに去るつもりかよ。

——そんなつもりはないです。今年こそは絶対に……！

クビがかかっているとは聞いていたが、改めて三田が崖っぷちに立たされていることを知る。しかも彼の家庭環境まで盗み聞いてしまって、村崎も気合を入れ直さざるをえなかった。

先日の罪滅ぼしではないが、どうにかして三田の任務を成功させてやりたい。

そのためには、村崎が赤水を押し退けてでも笹本といい仲になる必要がある。

せめて村崎にも赤水のようなモテ男の口説きテクニックがあれば……。話はもっと早く進むだろうにと詮無《せんな》いことを考えて、ため息をつく。とにかく、同じ土俵で戦うにはこのままだと分が悪すぎる。

店の中央ではなぜかおじさんたちに囲まれたナカイが誇らしげに三田の勇姿を語っていた。

「とにかく、その賞金はお前のものだよ」

村崎は封筒をやんわりと押し返した。「お前が好きに使えばいい」

「でも……」

「人から貰った金でデートに誘うのは反則だろ。そういうのは相手に幻滅されてばっさりフラれるパターンだ」

「フラれるパターン……」

繰り返した三田が青褪めた。「フラれるのはダメですね」

「そうだろ。だからそれはしまっておけ。食費の足しにでもしろよ。巨大胃袋なんだからさ」

三田はガラにもなく何やら難しい顔をして黙り込んでしまった。時折、あくびを嚙み殺して目を擦る。腹が膨れて今度は眠くなったのか。まるっきりお子さまだ。頰にくっついている米粒を見て、村崎は思わず微笑んでしまった。油でてかてかした唇に視線が吸い寄せられると、なぜかドキッと胸が高鳴った。

確かに覚えている。あの唇に無性にむしゃぶりつきたくなった、自分でも抑えきれない衝動。あれが魔法の力だとすれば、では今のこのムラムラと迫り上がってくる気持ちは一体何なのだろう。やはりまだ魔法が完全に抜け切っていないのではないか。

邪念を無理やり振り払って、村崎は席を立った。

「三田、ほっぺたに……」

米粒を取ってやろうと指が触れそうになった寸前、三田がびくっと大きく体を揺らした。怯えるように一歩後退られて、村崎も驚く。宙に浮いた腕越しに、三田と見つめ合う。

「……あ」村崎は内心動揺しながら説明した。「悪い、驚かせたか。ほっぺたに米粒がついてたから、取ろうと思ったんだけど」

三田がハッと我に返ったように瞬いて、「すみません」と頭を下げた。顔が真っ赤だ。

「考え事をしてました。きゅ、急に村崎さんが立ったので、僕びっくりして」

「あ……ああ、うん。そうだな、急に立ったもんな」

村崎は浮かせた腰を急いで下ろし、おしぼりを綺麗に畳み直して渡してやった。「ここと、あとそっちにもついてるぞ」

「は、はい。ありがとうございます」

三田が手探りで頬の米粒と奮闘する。そこじゃない、もうちょっと右。村崎は椅子に座って指示を出しながら、内心ショックを受けていた。

あれは拒絶されたのだ。三田は村崎に触れられるのを拒もうとした。無理もないかと落ち込む。記憶がフラッシュバックした。あの時も村崎は青海苔がついていると言って、取るフリをしながら三田に近付いたのだ。三田も思い出したのかもしれない。だから警戒されたのだろう。

さすがにこんな公共の面前で理性を失うはずもなかったが、もし頭の中を見せてみろと言われたら完全にアウトだった。今も視線は三田の艶かしく光るさくらんぼみたいな唇に釘付《くぎづ》けだ。駄目だ。頭が沸いている。

「取れましたか?」と三田が首を捻って、ぷりぷりとした左右の頬を見せてきた。

「うん、取れた。もう大丈夫だぞ」

後ろめたさを隠して頷くと、三田がはにかむように笑った。

心臓がズコンと殴られたような衝撃を受ける。

ポンコツ魔法と散々バカにしていたが、実はこいつ、ついに隠れた才能を発揮したんじゃないだろうか。

「聖夜様の眠っていた能力が目覚めた?」

ナカイが何か残念なものを見るような目つきで、村崎を憐《あわ》れんだ。

「貴方は確か二十六歳でしたよね。見た目は大人、中身は十四歳というあの独特な病気ですか？　こじらせると大変だと噂には聞いていましたが……」

「違う！　何の話をしてるんだ。俺が訊きたいのはだな、あいつの魔法の効力が一週間以上続く場合もあるのかってことだよ」

「それはありえませんね」

ナカイが即答した。

「赤水氏の話も聞きましたが、あれも十分程度のことだったでしょう。今の聖夜様の力ではそれが限界です。連続して同じ相手に魔法をかけるとしてもたかが知れているでしょうね。アカデミーの卒業試験もペーパーテストでは満点近くをとっていたようですけど、実技はギリギリだったそうですから。赤星の国家試験で奇跡の合格を果たし、あれで力を使い果たしたんじゃないかと周りから噂されているくらいです。本人はちゃんと努力をしてるんですよ。しかし、なかなか成果が見られず……」

ビシッとスーツを着込んだ男が母親のような目で三田の後ろ姿を見守っている。

定食屋を出て、商店街で買い物をしている最中だった。村崎も少し時間があったので二人に付き合うことにした。賞金の五千円で今夜は鍋にしましょうと三田が言い出したのだ。村崎さんにご馳走しますから、お仕事が終わったらそのままうちに帰って来て下さいね。

にっこり微笑んでそんなことを言うから、おかしな錯覚を起こしそうになって焦った。

三田は最近その調理法を覚えたようで、お隣さんはここ連日鍋らしい。ナカイがうんざりとしながら炒飯《チャーハン》が食べたいと呟く。そんな相棒の気も知らず、三田は八百屋の前で大根を手に取り見比べている。すっかり主婦だ。村崎はかわいい新妻《にいづま》姿を眺めて脂下《やにさ》がる。

「魔法じゃないってことか？　だったら、何で俺はずっとこのままなんだよ」

「は？」と、ナカイが怪訝《けげん》そうに眼鏡を押し上げた。

ハッと我に返り、村崎は「いや、何でもない」と首を横に振る。こんなことをお目付け役に相談してもどうしようもない。最近、三田がかわいく思えて仕方ないんだけど。しかもちょっとムラムラしちゃうんだけど。口を滑らせたら最後、ソリに乗せられて、遥《はる》か上空から振り落とされるかもしれない。ブラッディクリスマスになってしまう。

「そういえば」村崎はふと思い出した。「昨日、誰か来てただろ。三田と話しているところを見かけたんだけど」

「いつですか？　うちに来客なんて図々しい村崎さんくらいですけど」

はてと首を傾げるナカイに、村崎は昨晩アパートで見かけた男の話をした。会話を立ち聞きしたことは内緒で、男の容姿を伝える。背が高く、全身黒尽くめのどこか夜の匂いがするフェロモン男だった。ナカイのようにスーツではなく、黒いロングコートを纏い、どちらかといえばサンタというより悪魔寄りの印象。子どもに玩具を与えるどころか奪ってそう。

「——って感じの男なんだけど、心当たりはあるか」

「心当たりは」ナカイが苦虫を嚙み潰したような顔をする。「ありまくりですね」

「やっぱり。三田の先輩？」

「まあ、そうなりますか。赤星のエリートですよ。アカデミーで教官として教えていたこともあったそうですが」

「へえ、すげえな」

「そして、私の元ご主人でもあります」

「え」村崎は目を丸くした。「ケンカ別れしたっていう？　あれがアンタの前の相棒かよ」

「私が切らしたポン酢を買いに行っている隙を見計らって、あの人は聖夜様と接触を図っていたのですか。何て姑息《こそく》な。聖夜様も聖夜様です。何も仰らないから……いや、待てよ。ではここ数日、眠そうにしているのはまさか……で、二人は何を喋っていました？」

「いや、そこまで詳しくは。三田のことを心配して様子を見に来たって感じだったけど」

「……そうですか」

「三田とアンタってさ。どういう経緯でコンビを組むことになったの？」

ナカイがちらっとこちらを向いた。

「別に、どうということもないですよ。ちょうど同じ時期に契約を交わしていた相手とパートナーを解消したんです。たまたまそのタイミングで出会ったものですから、何というか成り行き？」

「成り行きかよ」

「もちろん、今は聖夜様に拾ってもらって感謝していますよ」

「何で前のご主人とケンカしたんだ？」

「今日はやけに突っ込んできますね」ナカイが面倒そうに顔をしかめる。少し躊躇うような間を開けて、「……鼻を」と呟いた。

「鼻を笑われたんです」

「鼻？」

「私の鼻の色をご存じでしょう」

「……ああ」村崎は記憶を手繰り寄せる。脳裏に人生で初めて目にしたトナカイの姿が過《よ》ぎった。「確か、ピンク？」

「そうです。まあ、その色のせいで周りからはいろいろと言われましてね」

「何で？　赤い鼻のトナカイとか有名だろ」

「赤なら反対に尊敬の眼差しで見られていたことでしょう。あの伝説のヒーロートナカイと同じ色ですから。しかし、私の鼻は残念ながらピンクです。ピンクと赤とでは天と地ほどの差がある」

「そうか、どの世界でも強いのはやっぱり赤か。トナカイ社会もいろいろと大変だな。前のご主人にはピンク鼻を笑われたのか」

「ええ。卑猥《ひわい》な色だとバカにされました。卑猥ですよ？　卑猥！　三年も傍にいながら、本心ではずっとそうやってバカにしていたのかと思うともう情けなくて、我慢できなくなりましてね。激しい罵《ののし》り合いの末、契約解除に至りました。そのすぐ後に出会ったのが、トナカイに逃げられた聖夜様だったんです」

ナカイがふっと懐かしむように目を細めた。

「聖夜様は私のこの鼻を見て笑うどころか、すごくキレイだって褒めてくれたんですよ。あれは嬉しかった。あの時、私は彼についていこうと決めました。少々頼りないところはありますが、純粋でとてもお優しい方です」

「まあ、そうだな。これでもかってくらい純粋」

そこがかわいいのだけれども。とは口には出さず心の中で呟く。

「なあ、今年のクリスマスに俺に彼女ができなかったら、やっぱりクビになるのか?」

「そうなるでしょうね。あなたの願いはすでに登録されていますから、実現されなかったと上が判定を下せば聖夜様には今年もバツがつきます。バツ三つでリーチという話が都市伝説のように出回っていましたが、実際、四つで赤星から除名されたサンタも過去にはいるそうですし、聖夜様もその可能性が大きいと思われます」

「そっか」

村崎がしんみりと頷くと、ちょうど三田が買い物袋を抱えて戻ってきた。

「こんな券をもらいました。十枚集めるとこの先の抽選会場で一回抽選ができるそうです」

たっぷりと野菜を買い込んだ三田が小さな長方形の紙を見せてくる。「いろんな景品があるって、八百屋のおじさんが言ってました。こちらの抽選会では物がもらえるんですね」

「あ、それなら俺も何枚か持ってるぞ。家にあるから帰ったらお前にやるよ」

「いいんですか！」

三田が目をきらきらさせた。思わず笑ってしまう。こんな紙切れ数枚でそんなに喜んでもらえるなら、いくらでも商店街に貢献してしまいそうだ。

無邪気な笑顔を微笑ましく見守りながら、村崎はぼんやりと考えていた。どうにかして自力で『願い』を叶えられないものだろうか。


聖夜様の魔法力が上がっていると？　ハッ、ありえない。

ナカイにはそう言って鼻で笑われたが、村崎は僅かな可能性を捨てきれずにいた。

「で、出ました！　特賞、ホテルお食事券‼」

カラーンカラーンカラーン、とアーケード街に鐘が鳴り響く。

――これは村崎さんが引いてきて下さい。僕が特賞を当てても、それじゃ笹本さんをデートに誘えません。だから、村崎さんの手で当てて下さい。僕はここから全力で村崎さんをサポートしますから！

どう考えても、これは残念賞の白玉が出る前フリだと思っていた。ティッシュ箱を一つもらって、落ち込む三田を慰める流れだ。

ところが奇跡が起きてしまった。半被を着たおじさんが摘み上げた金色の玉を凝視して、村崎は呆気に取られる。

「村崎さん！」三田が駆け寄って来た。「すごいです、本当に特賞を引き当てましたよ！　僕も電信柱の影から必死に念を送って祈ってました。通じたみたいです！」

興奮して頬を紅潮させている。ショート丈のダッフルコートを羽織って、きゃっきゃと喜ぶ姿は子どものようだ。三田は特賞と書かれた封筒を高く掲げてほうと息を漏らし、「よかったですね」と笑った。

「僕の魔法も少しずつ精度が上がっているのかもしれません」

むふっと鼻を膨らませる三田を、隣からナカイが大仰に褒めたてる。「さすが聖夜様！　四年越しの涙ぐましい努力が今ようやくこうして実を結んだのです！　この調子でバンバン行きましょう！」

「おい、調子に乗るなよ。たまたま運が良かっただけだろ」

「これだから夢のない男は」とナカイが舌打ちをした。

「でも、特賞を引き当てるのはすごい確率だって、通りかかったおばさんも言ってました。村崎さんにサンタさんが早めのプレゼントをくれたんだって。これって当たってると思いませんか？　僕、村崎さんがお食事券を手にするイメージをずっと頭の中に思い描いてたんですよ。きっと、あの抽選器にうまく魔法がかかったんだと思います」

「……だったら、いいんだけど」

本当に魔法のおかげでお食事券が手に入ったのだとしたら、この一週間前から続いている胸の疼《うず》きにも説明がつく。すべてが魔法のせい。三田にドキドキするこれらの感情そのものがすでにまやかしだ。よく考えたら、三田の存在自体がファンタジーだった。

「これで、笹本さんをお食事に誘えますね」

三田が嬉しそうに言う。魔法で引き当てたものなら、結局は三田が抽選器を回すのと何ら変わりはないのではないか。そう思ったが、口には出さず心の中に留《とど》めておいた。こんなに喜んでいるのに、わざわざ水を差すこともない。

「早く笹本さんをお誘いしましょうよ。ね、村崎さん」

急《せ》かすように言われて、村崎は思わずむっとしてしまった。そんなに俺を彼女とデートさせたいのか。

すぐにハッと思い直す。そりゃそうだ。村崎が笹本とくっつかなければ、三田がクビになるのだから。彼が必死になるのも無理はない。村崎だって、三田を路頭に迷わせたくはなかった。そのためにはさっさとデートでも何でもして、もっともっと笹本に自分をアピールし、彼女の気を赤水から取り戻さなければいけない。

ふと考える。自分は一体、誰のために動いているのだろう。

「――ということにして、笹本さんを呼び出しましょう。村崎さん？」

名を呼ばれて、村崎は現実に引き戻された。

職場に戻ってきたところだった。当たり前のように三田とナカイもついてくる。

歩きながら、隣から三田が心配そうに首を傾げてみせた。

「どうかしましたか？」

「いや」村崎は慌ててかぶりを振る。「何でもない。笹本さんを呼び出すんだったな。悪い、ちょっと緊張してるみたいでさ」

「……あ」三田が面食らったように目を瞠った。「そ、そうですよね。緊張しますよね。村崎さんは今から、村崎さんのすっ、好きな人にデートを申し込むわけですから。僕、そういう経験がなくて」

気がきかなくてごめんなさい。目元を赤らめてしゅんと顔を伏せる。

「いや、そういうんじゃないから。気にするな」

三田の肩をぽんぽんと叩きフォローするものの、村崎は自分が何を言いたいのかよくわからなかった。本当は笹本のことで緊張しているわけでもない。それより、三田が今までに誰ともデートをしたことがないと知って喜んでしまう自分がいる。

自分自身が理解できない。

「おや、あそこにいるのは笹本女史ではありませんか」

ふいにナカイが言った。

村崎と三田も彼が指差す方向を見る。職場の向かいの喫茶店から笹本が出てきたところだった。一人かと思いきや、続けて優男が顔を出す。

「おやおや？　一緒にいるのは赤水氏のようですが」

笹本は赤水と仲良く肩を並べて歩き出した。大方、二人でランチでもしていたのだろう。洒落《しゃれ》たカフェメシこそ出てこないが、落ち着いた雰囲気の喫茶店はシンプルなランチメニューも味がいい。いつか笹本を誘って——と、村崎もかつては邪《よこしま》な計画を立てていたが、今はなぜか赤水に先を越されてもさほど腹が立たなかった。

「いけません！」

逆に、火がついたのが三田だった。「笹本さんと赤水さんは、僕の調べだと最近急接近してるんです。このままだと笹本さんを取られてしまいます。村崎さん」

「な、何だ」

「今すぐ笹本さんをお食事に誘って下さい」

「このタイミングで？　いや、でも……あいつら何か楽しそうに話してるし、今出て行って邪魔するのはどうかと」

「そんな弱気でどうするんですか！」

真剣な顔をした三田に説教される。

「クリスマスまでもう二週間を切ったんですよ。村崎さん、頑張って下さい。僕が笹本さんから赤水さんを引き離します」

「は?」村崎はぎょっとした。「何をする気だよ」

「僕の魔法で赤水さんの気を他に逸《そ》らせます。彼が笹本さんから離れたら、すぐに村崎さんは行って下さい」

「おい、無理すんなって。魔法ってお前……さっきの福引きは、あれはまぐれだぞ」

「まぐれじゃないですよ! これでも毎晩ちゃんと練習しているんです。やっと、コツがつかめてきたような気がする」

三田が手をわきわきと閉じたり開いたりを繰り返す。反対側ではナカイが「やはり私が寝てる間に…!」と悔しそうに親指を噛んでいた。間に挟まれた村崎は何が何やら、戸惑うばかりだ。

「いきますよ」

大きく息を吸って表情を引き締めた三田が、何やら唱え始めた。「え? え?」と狼狽える村崎の目に、信じられない光景が飛び込んでくる。

仲睦《なかむつ》まじくおしゃべりをしながら歩いていたはずの二人が——正確に言うと赤水が、急にその場に立ち止まったのだ。不思議そうに振り返った彼女に何かを告げる。そうしていきなり回れ右をしたかと思うと、ふらふらと傍の路地に入って行ってしまった。

「……おい、今のも魔法なのか？　どうなっているんだ」

おろおろする村崎に、三田が指示を飛ばしてくる。

「今です、村崎さん！」

村崎はびくっと背筋を伸ばした。三田の目は真剣そのものだ。

「お、おう。わ、わかった。行ってくる」

自分の意思というよりは、使命感に駆られたと言った方が近いかもしれない。手に持ったお食事券が大事な取引先に届ける重要書類のように思えてくる。

赤水が急にどこかに行ってしまって、一人取り残された笹本はしばらく茫然とその場に立ち尽くしていた。

「笹本先生」

ハッと彼女が振り返る。

「……村崎先生」

「あの、ちょっといいですか」

一瞬、怪訝そうな顔をした笹本は、すぐににっこりと微笑んだ。体ごと村崎に向き直る。

「はい？　どうかされたんですか」

清楚《せいそ》な黒のロングヘアが、十二月の冴え冴えとする風に翻る。泣きぼくろが色っぽい艶やかな目で見つめられると、さすがにどきりとした。相変わらず美人だと思う。だが不思議なことに、それ以上の感情は込み上げてこなかった。

「村崎先生？」

「あ、すみません」

我に返り、村崎は意味もなく手元の封筒を背中に隠す。胸の中に何かしこりのようなものを覚えて、咄嗟に言葉に詰まった。自分は今、何をしようとしているのだろう。躊躇いが生じたその時、ふと三田の顔が脳裏に浮かび、昨夜盗み聞きしてしまった会話が蘇った。

――お前、次の査定次第じゃ赤星をクビになるかもしれないんだって？

「あの、笹本先生」

村崎は何かに突き動かされるようにして、彼女に訊《たず》ねていた。「つかぬことをお伺いしますが、今週はお忙しいですか」

「今週ですか？」と、笹本が鸚鵡《おうむ》返しに呟く。

「えぇっと、冬期講習用のプリントを作る予定ですけど。村崎先生も大変ですよね。講習では中三の理科も担当されるって。高校受験まであと二ヶ月ですもんね」

「ああ、まあ……笹本先生も英語、冬期講習参加者が増えたって塾長が喜んでましたよ。塾生以外の申し込みが去年よりも多いそうで」

話が徐々に逸れてゆく。村崎は当たり障りのない世間話で会話を繋《つな》げながら、内心でどうにかして軌道修正をしなければと焦った。

ふと目線をずらした先、いつの間に移動したのかすぐ傍のパン屋の看板の陰からこっちを見守っている二人組の姿が確認できる。三田とナカイだ。やけに深刻そうな顔をした三田と目が合った。するとびっくりしたみたいに目を丸くした彼は、あわあわと慌てて「頑張って下さい！」と顔の前で両手を握るポーズをしてみせる。村崎はわけもわからず複雑な気分になった。けれどもまあ、仕方がない。

「笹本先生」

村崎は気を取り直して言った。「もしよかったら、明日にでも一緒に食事を……」

「明日と言わずに今夜はいかがですか」

突然、大きな花束が目の前に割り込んできたのはその時だった。噎《む》せ返るような甘い匂いと共に、きらりと白い歯を覗かせたいけ好かない男が現れる。

「僕は明日までとても待てない。村崎先生もそうでしょう？　そうに違いない。ほら、あなたに似合う真紅の薔薇《ばら》を見つけたので、思わず買ってしまいました。どうです？　この薔薇のように真っ赤な血がしたたる美味しいお肉でも一緒に食べに行こうじゃありませんか」

ふうっと耳元に息を吹きかけられて、村崎はぞわぞわっと全身の肌を粟立《あわだ》てた。

「あ、赤水⁉　お前、どっから湧いてきやがった！」

「あなたがいるところにならたとえ火の中水の中、どこからでも現れますよ。うふん、いい香りだ。しかし僕にはこの馥郁《ふくいく》たる美しい薔薇の花よりも、あなたが無防備に振り撒《ま》くむしゃぶりつきたくなるようなエロスの匂いに心を奪われる。……悪い人だ。香水変えました？」

「最初からつけてねえよ！」

村崎は悲鳴を上げた。くんくんと鼻先を摺り寄せるように体臭を嗅《か》がれて、卒倒しそうになる。

気色悪すぎる。村崎は抱きついてくる赤水の顔面を必死に押し返す。ハアハアと鼻息を荒げ、目をとろんと潤ませる姿には覚えがあった。キッとパン屋の看板を睨み付けると、案の定、三田とナカイがあわあわと慌てている。例のポンコツ魔法の副作用だ。

「いっ……いい加減にしろ、おいこら、くっつくなって」

赤水が悪いわけではないことはわかっている。しかし相変わらず、優男の見た目に反して結構な筋力だ。このままではいつ押し倒されるかわからない。どうにかして早く正常に戻ってもらわないと困る。

赤水との攻防戦に必死で、この場にもう一人いることをすっかり忘れてしまっていた。

「あ、赤水先生……？」

ハッと、村崎はその小さな声に素早く反応した。しまった——内心で頭を抱える。

青褪めた笹本が、抱き合う男二人を茫然と凝視していた。

「ち、違う！　これは違うんですよ！」

村崎は必死になって否定した。「これには事情があるんです。本当に変な意味はまったくなくて、あとからきちんとご説明しますから。笹本先生？　ちょっと、大丈夫ですか！」

能面のような顔をしてぶつぶつと独り言を呟く笹本に、己の筋力を駆使して村崎に抱きついてくる赤水。いかん、これでは収拾がつかない。

「笹本先生、しっかり！　話を聞いて下さい。これには本当にちゃんとした理由があるんです。だから絶対に誤解はしないで下さいね。いいですね？」

まだショックを受けている笹本には先に戻るように伝え、「お前はこっちだ」と赤水の腕を引っ張る。「強引な人だ」と、ポッと頬を染める赤水の頭を容赦なく引っ叩いて、引き摺るようにして路地裏にまで連れて行った。

「村崎さん！」

血相を変えた三田が二人の後を追いかけてきた。「大丈夫ですか……ああっ、赤水さんが村崎さんを！　何するんですか、村崎さんから離れて下さい！」

三田が赤水の腰を引っ張り、赤水が村崎の腰に抱きつき、村崎は建物のコンクリート壁に取り付けてあった鉄格子にしがみつく。まるで大きなカブを引き抜こうとするあの童話みたいだった。

遅れて駆けつけたナカイが、「これはまた奇妙な……」と、しばし唖然と見つめていた。

「おい！　見てないで助けろよ」

もう手が引き千切れそうだ。ハッと我に返ったナカイが三田の腰を摑み、まず三田がぽーんと外れる。二人してごろごろと地面を転がった。その反動で赤水が村崎に背後から覆い被さる。「やっと二人きりになれましたね」甘ったるい声で気色悪く囁かれて、一瞬本気で殺意が湧いた。肘で顎を押し退けて、隙をついて足払いをかける。赤水が体勢を崩した拍子に村崎の腕まで道連れにしたので、折り重なるようにして地面に倒れ込む。衝撃に顔をしかめながら村崎は急いで両手をつき、上体を起こして——。

「赤星先生！　村崎、先生……？」

路地の入り口に、なぜか職員室に戻ったものだとばかり思っていた笹本が立っていた。口元を両手で覆い、信じられないものを見てしまったという目で、村崎を見つめている。

「……な、何をされているんですか」

「え？」

村崎は咄嗟に見下ろした。赤水に馬乗りになっている自分。肝心の赤水はぐったりと目を閉じていて無抵抗。

「ち」村崎は焦った。「違う違う、違います、これはそういうんじゃないんですよ！　ただ、足を引っ掛けて転んだだけで……」

慌てて立ち上がり、弁明しようと笹本に歩み寄った次の瞬間。

「近寄らないで！」

パンッと左頬に強烈なビンタを食らった。彼女は「村崎先生、最低です」と厳しい一言を残し、軽蔑の眼差しで村崎を睨み付けると、逃げるようにして走り去って行った。

村崎はしばらく茫然と立ち尽くす。

「……こりゃ、完全に誤解されたな」

じんじんと痛む頬に手を添えて、嘆息する。どっと疲れが押し寄せてきた。

「む、村崎さん」

ゆっくりと振り返ると、すぐ傍に三田が立っていた。もともと色白の顔が真っ青だ。

「あ、あの、僕が……僕のせいで、こんなことに……」

声を震わせる三田のふわふわ頭に、ぽんと手を乗せる。村崎は息をつくように笑った。

「もういい。俺も悪いんだ。わかってはいたけど、こういうことは自分でどうにかしないとな。魔法なんか頼ってもダメだってことだ。お前のせいじゃないから気にするな」

「でも！　僕が赤水さんに余計なことをしなかったら、今頃は村崎さんと笹本さんはうまくいっていたかもしれないです」

「それはどうかな」村崎は首を捻った。「あまり状況は変わらなかったと思うぞ」

「え？」

その時、意識を取り戻した赤水が小さく唸りながら起き上がった。

「……ううっ、あれ？　何で僕、こんなところに……」

「気がついたか」村崎は手を差し出した。「悪い。この前の飲み会のバツゲームだったんだけど、赤水先生まで巻き込んでしまって本当に申し訳ない」

「あ、村崎先生。バツゲーム……ですか？」

村崎の手を借りて立ち上がった赤水が不思議そうに目を瞬かせる。我ながらかなり強引だったが、嘘をつくならとことん押し切るしかなかった。

「そうなんだよ。付き合ってもらったのに、俺の不注意で足を引っ掛けて、先生を転ばせちゃってさ。頭は一応かばったから、打ってないと思うけど。どこか痛むか？」

「いや、特には」赤水はまだ納得いっていないようだった。「バツゲームなんてありましたっけ？　いつの飲み会の話ですか？　何か記憶が曖昧《あいまい》で……イテテ。んー、ちょっと腰が痛いですかね。転んだ時に打ったのかも」

「悪かったな。そこの薬局で湿布買ってくるわ。歩けるか？」

「ああ、大丈夫です。先生も顔、赤く腫れてますけど。どうしたんですか」

「これは、まあ……」村崎は引き攣った笑いを浮かべながら適当に誤魔化す。

「そういえば、今何時だろ？　あれ、昼ごはんは食べたっけ」

すっかり元に戻った赤水は、欠けている記憶に疑問を持ちつつも、村崎の作り話を信じてくれたようだった。何の罪もない彼を騙《だま》すことに、さすがに罪悪感が込み上げてくる。申し訳なかった。

三田とナカイの姿が見えないと思えば、薬局に湿布を買いに行っていたらしい。彼らこそ無関係の人間を巻き込んでしまった責任を感じているのだろう。村崎は受け取った湿布薬を赤水に渡した。

今にも死にそうな顔をした三田と彼を心配するナカイを路地から連れ出す。

「今日はもう帰れ」

「村崎さん！　あの、僕……」

大きな目が潤んでいた。瞬きを必死に我慢し涙を堪えている三田の頭を撫でてやる。「そんな顔をしなくていい。別に怒ってるわけじゃない」

「……村崎さん、ほっぺたを叩かれてました。真っ赤になってます」

「このくらいどうってことないよ」

「ほ、本当にごめんなさい。あの、今回のことで、村崎さんがお仕事をクビになったりしませんよね」

三田がひどく不安そうに見上げてくる。村崎は小さく笑って、「大丈夫だよ」と答えた。

「後のことは俺が何とかするから。適当に誤魔化せば何とかなるだろ。だから今日はもうおとなしくしてろ。ナカイ、ちゃんとこいつを連れて帰れよ」

「あなたに言われなくとも」

ちら、ちら、と何度も村崎を振り返る三田を、村崎は姿が見えなくなるまで見送った。

じんじんと熱をもつ頬を、身を切るような冷たい風がなぶる。正直に言うと、笹本に叩かれて目が覚めた気分だった。以前の自分なら、これで完全に彼女に嫌われたとショックで落ち込んでいたことだろう。けれども今は、なぜだか少しホッとしていた。彼女たちをこちらの都合に巻き込んでしまったことは、心の底から申し訳ないと思う。しかし、食事の誘いを失敗したことについてはあまり後悔していない。自分でも自分の気持ちが不思議で、考えれば考えるほど、何が何だかわからなくなってくる。

「お食事券か……」

村崎は咄嗟にウエストに挟んで守った紅白の封筒を引き抜いて、ぼんやりと見つめた。

こんな時に脳裏を過《よ》ぎったのは、何でも美味しそうに食べる三田のハムスターみたいな顔だった。

○○○

大失敗をしてしまった。

三田は不甲斐ない自分を責めては、これ以上ないくらい落ち込んだ。また、村崎に迷惑をかけてしまった。

赤星サンタの力で願いを叶えて、笑顔で喜ぶ人間の姿が見たいと思った。

それはプレゼント工場で働き続けた今は亡き父の夢であり、三田が物心ついた頃からの目標でもあった。

アカデミーを卒業し、赤星の認定試験に受かった時は一日中飛び上がっていたほど嬉しかった。

念願の赤い星マークのバッジ。

ドキドキとしながら初めて胸につけたあの頃がすでに懐かしい。意気揚々と出勤したけれど、現実はそう甘くはなかった。

あれから四年が経ち、三田が目にしたのは人間の呆れ返った顔ばかりだ。

願いを叶えてやると言いながら、努力はむなしく空回りするばかりで、ろくな結果を導かない。

とうとう落ちこぼれの烙印《らくいん》を押され、崖っぷちに立たされてしまった。

そんな時に村崎と出会ったのだ。

彼は今までかかわったどの人間とも違っていた。

鬼のような顔をして大声で怒られたこともあるけれど、優しく励まし慰めてくれることもあった。ベランダで渡してくれたあたたかいコーヒーと上着。一緒に焼いたお好み焼き。少しばかりおかしな出来事もあったが、どれもこれも昨日のことのように鮮明に思い出せる。

あんなふうに接してくれた対象者は初めてで、だから尚のこと、村崎の願いは叶えてあげたかった。時々、この仕事に自分のクビがかかっていることすら忘れてしまう。ただ、村崎の幸せのためだけを思って動いた。

だが、今回ばかりは調子に乗りすぎだ。

福引きで特賞を当ててしまったのが始まりだった。いつもの三田ならここぞというところで残念賞を引き当てて、あーやっぱりと落胆する場面。しかし、先輩サンタから魔法の特訓を受けていたことも相まって、ついにその成果が出たのだと勘違いしてしまったのだ。

これを手始めに状況は一気に好転すると思われた。しかし、残念ながらそこがピークだったのだ。あとはごろごろと雪山を転げ落ちる雪だるまのように運は逃げていって、待っていたのは誰も想像していない修羅場である。

すべては自分の驕《おご》りが招いた最悪の事態。それで村崎が笹本に責められ、頬を叩かれたあげく、ふられてしまったら、もう三田はどうしていいのかわからなかった。

一番幸せになって欲しい人が、自分のせいで不幸になる。これ以上に辛《つら》いことはない。

「とにかく、誤解だけはきちんと解かないと」

三田は白い息を吐きながら、すっかり見慣れた青葉塾の建物を見上げた。

三階と四階の電気は消えている。建物の上半分はしんと夜に溶け込んでいた。

二階はまだ明るい。あそこには職員室がある。先ほど集団で生徒が出てきてから、しばらく時間が経っていた。

もうそろそろ彼女も出てくるだろうか。

「あ」

ガラスドアを押し開けて、女性が一人出てきた。

白のコートを羽織った小柄な黒のロングヘア——笹本だ！

三田が調べた統計によると、この一週間、彼女はほぼ赤水と一緒だった。今日も二人同時に出てきたらどうしようかと思ったが、昼間の一件が関係しているのか、彼女は珍しく一人だった。好都合だ。

腰掛けていたガードレールから急いで立ち上がった。颯爽《さっそう》と歩く彼女の後を追いかける。

「あの」三田は呼びかけた。「笹本さん、聞いていただきたいお話があります」

あまりにも唐突だったせいか、びくっと立ち止まった彼女が振り返ってぎょっとする。

「……え？」

警戒心剝き出しの目を向けられた。

「あの、僕は三田と言います。村崎さんの知り合いです」

「……村崎先生の？」笹本が不審げに目を凝らす。「そういえば、その顔。見覚えがあるわ」

「はい。昼間もお会いしています。そこの、路地裏で」

笹本の顔色が変わった。

「……ああ、君もあの場にいたんだ？　気がつかなかった」

「はい。それで、笹本さんにお話ししたいことがあるんです」

「話？　何かな、急いでるんだけど」

迷惑そうに言われて、三田は一瞬怖気《おじけ》づきそうになる。

「村崎さんのことです。昼間、赤水さんとケンカしているように見えたと思いますけど、あれは本当に違うんです」

「ケンカ？」笹本が皮肉げに笑った。「とてもケンカには見えなかったけど。それよりも、君みたいな子の目の前で赤水先生を押し倒して――一体、何をするつもりだったのかしらね。村崎先生は」

「それは違います。僕のせいなんです。僕が調子に乗って赤水さんに魔法をかけたから」

「は？　マホウ？　……え、ちょっと君、大丈夫？」

「村崎さんは何も悪くありません。本当はすごく優しくていい人なんです。笹本さんのこともすごく大切にしてくれると思います。だから笹本さん、お願いです。村崎さんとお付き合いをしていただけませんか」

「え？」と、笹本が面食らったような顔をした。説明下手の自分の話が上手く伝わらなかったのかもしれない。小首を傾げるような仕草をしてみせる彼女に、もう一度頭を下げて頼み込む。

「お願いです、村崎さんの彼女になって下さい」

「ちょ」笹本が半笑いで一歩後退った。「ちょっと、待ってよ。どうして急にそんな話になるの？」

「お願いします。まずはデートをして下さい。そうしたら、村崎さんの良さがすぐにわかると思いますから。本当はそうなるはずだったんです。僕が余計なことをしたばっかりに」

「ちょっとやめてよ。何で私が村崎先生とデートをしなくちゃいけないのよ。ねえ、村崎先生ならもうすぐ出てくると思うから。そこで待ってなさい。私は、もう帰らなきゃ」

「あっ、待って下さい！」

三田はすがるようにしてその場に両膝をついた。手をついて、頭を下げる。

「やだ、こんなところで何をするつもりよ。やめてよ。ね、早く頭を上げて」

「今日のことは全部僕のせいなんです。村崎さんも赤水さんも何も悪くありません。ほっぺたをぶたれなきゃいけないのは僕の方なんです。僕のことは好きなだけぶってもいいですから、昼間のことはすべて忘れて、もう一度村崎さんの話を聞いて下さい。お願いしま……」

「おい、何をしてるんだ！」

ぐいっと二の腕を摑まれて引き上げられたのは、その時だった。

驚いて頭上を振り仰ぎ、目を瞠る。ぎくりとした。

「村崎さん……」

怖い顔をした村崎が三田を睨みつけていた。

「よかった、村崎先生」笹本がホッとしたように言った。「彼、先生を待っていたみたいで」

村崎が申し訳なさそうに笹本に頭を下げる。しゃんと背筋を伸ばしたスーツの後ろ姿がどこか別人のように見えた。

「すみません。ご迷惑をおかけしました。ほら、行くぞ」

無理やり立たされて、腕を引っ張られる。

「ま、待って下さい」三田は慌てた。「まだ話が終わっていません。昼間のこと、きちんと笹本さんに誤解を解いてもらわないと」

必死にその場に踏み止まる。村崎がキッと眉をつり上げて、声を低めた。

「おい、余計なことはしなくていい」

「余計なことじゃないです！　このままだと村崎さんが悪者になってしまう」

「あの」とその時、笹本が戸惑うように二人の間に割って入った。「あのね、もういいから。三田よりも随分と小柄な彼女が、まるで子どもを諭すような口ぶりで伝えてくる。「三田よりも随分と小柄な

ったのよね？　わかったから。ちょっと腹が立って詳しくは聞かなかったんだけど、バツゲームがどうとかって赤水先生も仰っていたし。ただ私、あまりそういうのが好きじゃなくて」

笹本が気まずそうに三田から村崎へと視線を移した。「新米の私が言うのも何なんですけどもう学生じゃないんですから、ああいう悪ふざけは……生徒に見られても困りますし」

「あれは村崎さんのせいじゃ……んぐっ」

横から伸びてきた手のひらに、いきなり口元を覆われた。ふがふがと呻く三田を押しやるようにして、村崎が答える。

「はい、笹本先生の仰る通りです。そうですよね。すみません、いい年して本当にお恥ずかしい。見苦しいものをお見せして申し訳ありませんでした」

「いえ。そういえば、赤水先生が飲み会のバツゲームでと仰ってましたけど、彼も参加していたんですか？　まだ未成年なんじゃ」

「ああ、こいつはこう見えて一応成人してるんですよ」

「え」笹本がびっくりしたように声を上げた。「そうなんですか？」

村崎が苦笑しながら、口を封じたままの三田を引き寄せる。

「思い込みが激しい奴なんですよ。すぐ勘違いして突っ走るところがあるんで……こいつが何か言ったみたいですけど、全部忘れて下さい」

一瞬、笹本が押し黙った。しかしすぐに何かを察したように、僅かに微笑んで頷く。

「はい、わかりました」

「赤水先生も、俺たちが強引に巻き込んじゃったようなものなんで、許してやって下さい。さっきも、笹本先生を怒らせたみたいだってひどく落ち込んでいましたから。明日はまたいつも通り、声をかけてやってくれませんか」

「落ち込んでるって、え、赤水先生がですか？」

彼女が急にそわそわし出す。その様子を見ながら、なぜか村崎は笑っていた。三田はきゅうっと胸が詰まったような気分になる。

「はい。あ、まだ上に残ってますよ。それじゃあ、俺たちは先に失礼します。本当にご迷惑をおかけしました」

ようやく口元の手をどけてくれたかと思うと、今度は後頭部を押さえつけられた。村崎と揃って笹本に頭を下げる。

「いいえ、事情がわかったんで、もういいです。私の方こそごめんなさい。つい態度が悪くなってしまって、村崎先生にもきつくあたっちゃいました」

笹本まで頭を下げるので、ちょうど建物から出てきた別の講師に「お前ら、こんな道端で何やってんだ」と、呆れたように言われてしまった。

顔を上げた村崎と笹本がおかしそうに笑う。

「頬、大丈夫でしたか？　結構強く叩いちゃったので」

「ああ、あれはききました」

「手形、残ってないですよね？　ごめんなさい。そっちの彼もすごく心配していたから」

ちらっと村崎が横目で三田を見る。「こっちが悪いんですから、気にしないで下さい。おかげで目が覚めました」

再び笑い合う。これで一件落着のように思えたが、三田は納得がいかなかった。

笹本と別れて、三田は村崎の後を追って歩き出す。気になって思わず振り返ると、笹本が建物の中に入っていくところだった。

「村崎さん」三田は堪らず声をかけた。「笹本さんが職員室に戻っていきます。きっと、赤水さんのところに行くんですよ。何であんなことを言ったんですか！」

歯痒《はがゆ》くて仕方ない。どうして村崎はわざわざ赤水の話を持ち出したのだろう。彼が落ち込んでいるとか、声をかけてやってくれとか。村崎だって笹本に頬を引っ叩かれた時、相当ショックを受けたに違いなかった。三田からしてみれば、村崎にこそ笹本から優しい言葉をかけてあげて欲しいのに。あれではまるで、村崎が自ら身を引いたようなものだ。

責めるように見つめた背中が、「うーん」と伸びをするように反り返る。夜空を仰ぎながら呟いた。

「いいんだよ、あれで」

「でも……！」

「こういうことは、結局なるようにしかならない。それに、仮に魔法を使って無理やりこっちを向いてもらっても、正直、嬉しくないしな」

村崎の言葉に、三田はハッとなる。願いを叶えるために今まで自分がやって来たことは、村崎にとってはただの迷惑でしかなかったのだろうか。

――お前は、要領が悪いんだよ。

そう、何度も上司や先輩から注意を受けたことを思い出す。今だって、三田が笹本に訴えたぐらいでは何も変わらなかった。説得力も何もない、ただいたずらに彼女の不信感を煽《あお》っただけだ。村崎自らが機転を利かせたおかげで丸く収まったのだ。サンタは無力だと痛感する。いや、サンタクロースではない。自分だけが何の役にも立たない例外なのだ。

村崎の笑顔が見たかったのに、これでは本末転倒だった。

スーツの足を見つめながら二歩下がった場所をとぼとぼと歩く。突然、靴音が止んだ。

「それからお前」村崎が首だけで振り返った。「もう二度とあんなことはするなよ」

「え？」

「次、俺のために土下座なんかしたら怒るからな」

「――！」

顔を跳ね上げた三田は、びくっと震えた。声音は普段と変わりないように思えたが、月明かりに浮かぶ村崎の顔は怒っていた。場所を選ばず笹本を引き止めて困らせて、非常識だと咎められているのだろう。仕方ないと思う。実際、あの時の三田は周囲のことなどまったく頭になかった。どうしても笹本の誤解を解きたいと、それ一心で――。

「でもまあ」

村崎が今度は体ごと振り返った。一歩、三田に歩み寄る。びくっと反射的に身構えた。怒鳴られるのかと思ったのだ。さっと頭上に影が差し、思わず目を瞑る。

「嬉しかった」村崎がそっと三田の頭に手を触れさせた。「俺のためにあんなに必死になってくれて、ありがとうな」

ぽんぽんと頭を撫でられる。

「……。……っ」

見る間に視界が水膜で覆われた。

——何がサンタクロースだ、この役立たず！

そんなふうに罵られたことは何度かあったけれど、ありがとうと言って頭を撫でてくれた人間は村崎だけだった。喉元に熱の塊が迫り上がってくる。胸がきゅっと引き絞られるように苦しい。

「何だよ、泣くなよ」

「ふ……っく、うひっ、や、役に立たなくて、ごめんなさい」

「誰もそんなこと言ってないだろ。お前は一生懸命やってくれてるじゃないか」

「い、一生懸命でも……ふえっ…け、結果が伴わなければ、ダメなんです……うっ」

「結果ね」と、村崎がくるくるの癖毛頭を優しく撫でながら呟く。

「む、村崎さんは」三田は嗚咽《おえつ》混じりに訊ねた。「笹本さんの、ことを…ぅっく…もう、諦《あきら》めちゃうんですか？」

頭上で一瞬、沈黙が落ちる。

「んー、諦めるっていうか……ようやく気づいたっていうか」

「？」

三田は涙でぐちゃぐちゃになった顔を上げた。「気づいたって、何をですか？」

だが、村崎はそれには答えなかった。小さく笑んだだけだ。

「ばっちい顔になってるぞ。ほら、これで拭け。まったく子どもみたいな奴だな。ある意味うちの生徒よりタチが悪い」

ハンカチを押し付けられた。きちんとアイロンのかけられたハンカチ。三田は村崎がアイロンを扱うところを見学させてもらったことがある。手早くしかも丁寧に、慣れた様子で湯気を噴き出すタケノコみたいな器具を操る姿は、とてもかっこよかった。くしゃくしゃになった三田の赤帽子も一緒にアイロンをかけてもらい、ぱりっとした帽子を被ると背筋までも伸びるような気がした。嬉しかった。

笹本はどうして村崎ではなく赤水を選ぶのだろう。

理解できない。自分なら、迷わず村崎を選ぶのに。

ちーんと鼻をかむと、村崎に「サンタのくせにお約束なことするなよ」と嫌そうな顔をされた。

「ありがとうございました」

「おう。……やっぱりそのまま返すのか」

べとべとのハンカチを諦めたように鞄に突っ込んだ村崎が「そうだ」と、思い出したように言った。

「このお食事券。結局、彼女を誘えなかったんだし、せっかくだから明日、俺たちで使っちまうか」

「え？」三田は驚いた。「いいんですか？」

村崎が取り出した紅白の封筒を複雑な思いで見つめる。「でも、まだこれからそれを使う時が来るかもしれません。クリスマスまで二週間ありますし、残しておいた方がいいと思います」

「いや、それは気にしなくても大丈夫」

「どうしてですか」

「どうしてもだ」

ペンッと封筒で額を軽くなぶられた。まだ腑《ふ》に落ちなかったが、三田はそれ以上言うのはやめた。何でもないフリをしているが、本音では村崎の心は傷ついているに違いない。人間は、失恋の傷を食欲を満たすことでまぎらわす方法もあるのだと、聞いたことがある。村崎はおなか一杯おいしいものを食べたいのだ。

「明日は小学生の授業だけだから早めに上がれるし、お前も準備してこいよ。間違ってもサンタ服なんか着てくるなよ」

「わかりました。ナカイくんと相談します」

「ちょ」村崎がなぜか焦ったように言った。「ちょっと待て。ナカイは今回は無しだ」

「え？　ナカイくんと三人で行くんじゃないんですか」

「いや、三人じゃなくて……」

村崎が弱ったように頭を掻き毟る。そうして、ふと真面目な顔をすると、「実は」と声を潜めて言った。

「鹿肉が出るんだ」

「鹿……肉？」

「そうだ。鹿の肉を使った料理が出るんだよ。ほら、ナカイはトナカイだからさ。さすがに共食いはまずいだろ。もちろん、俺らは食べないよ？　でも、周りの席では食べている人がいるかもしれないからな」

三田は青褪めた。ごくりと唾を飲み込む。人間は鹿肉を食べるのか。何て恐ろしい。

「だ、ダメです。そんなところにナカイくんは連れて行けません」

「だろ？　だからあいつには内緒な」

村崎がシーッと唇の前で人差し指を立ててみせた。三田は神妙な面持ちでこくりと頷く。

「明日は二人で出かけよう。俺とお前の二人。他の奴には秘密だぞ」

「秘密……」

なぜだか胸がきゅんと甘く痺れた。村崎と二人きり。今も二人きりと言われればそうだけれど、明日のそれは何か違う気がする。

「はい、わかりました」

「よし」

村崎が嬉しそうに笑う。「楽しみだな」と頭をくしゃくしゃと混ぜられて、三田も「はい」と返事をしようとしたのに、なぜかできなかった。

心臓がとくとくといつになく速く脈を打ち、わけのわからない緊張に邪魔されて、声にならなかったからだ。

■5■

「うわあ！」

目の前に運ばれてきた芸術的な料理にいちいち感動を示しながら、三田《さんた》は食事を堪能していた。

そんな彼を眺めて、村崎《むらさき》も幸せな気分になる。

ホテルの高級フレンチレストラン。一品一品出てくるコース料理は、三田の胃袋には物足りないのではないかと心配したが、パンとデザートはおかわり自由らしい。そのシステムを把握した三田は、前菜だけでパンを五種類頼み、スープだけでまた五種類頼んだ。そのせいで常にボーイが二人のテーブルに目を光らせている。

そろそろ三田の手が上がりそうになると、背筋を伸ばしたボーイがぴくっと反応する。パンをどっさりとのせたカゴを持ち、待機。

メインが運ばれてくるまでの間に、三田は空になった皿を物欲しそうに見つめる。

すかさずボーイがやってきて、「パンのおかわりはいかがですか？」と訊《たず》ねた。ぱあっと顔を輝かせた三田は、「これと、これと、これを下さい」と頼み、ボーイがトングで挟んでパン皿の上にのせる。「ありがとうございます。このパン、全部すごくおいしいです！」三田が言うと、ボーイも頬《ほお》を弛《ゆる》ませて「ありがとうございます。ごゆっくりお楽しみください」嬉《うれ》しそうに笑った。

お世辞でも何でもない純粋な賞賛は、ボーイだけでなく、周囲の客まで和《なご》ませたようだ。

「かわいいお客さんね」と、隣の席に座っている孔雀《くじゃく》のように着飾ったマダムがニコニコと笑っている。

これも三田の魅力なのだろう。

一緒にいると多くの確率でハラハラさせられるが、あの笑顔を見れば一瞬で癒《いや》される。彼の一番の魔法は、実は人の警戒心をあっという間に解《と》いてしまう笑顔なのかもしれない。

パンを頬張りながら、三田がわくわくと言った。

「次は何が出てくるんでしょうね」

そんな彼を眺めながら、村崎はつい脂下《やにさ》がってしまう。

「肉料理かな」

「肉……鹿じゃないですよね？」

「大丈夫だよ。メニューにもちゃんと書いてあっただろ。牛のフィレステーキ」

「そうでした」と、三田がホッとしたように頷《うなず》く。

どこから調達してきたのか、彼は待ち合わせ場所に蝶《ちょう》ネクタイを付けて現れた。一応、それなりの恰好《かっこう》をしているけれど、パッと見は七五三。とても成人男性とは思えない。

それでも村崎は考えてしまうのだ。あそこに座るスタイル抜群の女性よりもむこうの胸元を強調している派手な女性よりも、こっちの三田の方が何倍もかわいい。

仮に笹本《ささもと》と食事を共にできたとしても、おそらくそんなふうには思わなかっただろう。対面の彼女を通して、脳裏を過《よ》ぎるのは三田だったのではないか。

お食事券の使い道は間違っていなかったと納得している。自分は笹本ではなく、三田と一緒に過ごしたかったのだ。

今日の村崎は朝からずっと浮かれていた。

塾生たちに「やだあ、パープルがにやにやしてる」「きっと何かいやらしいことを考えているんだよ」と揶揄《からか》われるほど、浮かれに浮かれていた。

仕事終わりに合流した三田は、なぜかすでにぐったりとして疲れ果てていた。何があったのかと心配したが、どうやら疑り深いナカイを撒《ま》くのに全力を注いだらしい。くるくる頭がますますくるくるになり、せっかくオシャレしたジャケットやシャツもシワが寄ってしまっていた。話を聞きながら髪と服装を整えてやり、村崎は三田の奮闘劇を大笑いした。

その一方で、とても嬉しく思ったのだ。嘘《うそ》をつくのが苦手な三田が、大切な相棒にまで必死に内緒にして、本当に一人で来てくれたことが嬉しくて仕方なかった。

過保護のナカイには悪い事をしたと思う。少し汚い手を使ってでも、三田と二人きりのデートを楽しみたかった。もう自分の気持ちがどこに傾いているのか、はっきりしていた。

三田のことが好きだ。

今思うと、魔法は関係なかったのだろう。ムラムラして三田にキスをしてしまったのは、単純に村崎の欲望だったのだ。その後の心境の変化も、ポンコツ魔法の後遺症でも何でもなく、ただ村崎の心が三田に惹《ひ》かれていたからだ。

決定打は、昨日の三田の土下座だった。あれを見てしまった瞬間、村崎の中に強い衝動が込み上げてきた。三田にあんなことまでさせてしまった自分が情けなかった。同時に、彼を愛《いと》しく思う気持ちが体の奥底からぶわっと込み上げてきた。かわいいとただ愛《め》でるだけでは足りない。こいつをもっと大事にしたいと思ってしまった。一緒にいた笹本には何も感じなかったのに。

我ながらここまで差があからさまだと、もう誤魔化《ごまか》しようも無い。

三田の食欲は最後の最後まで気持ちがいいほど旺盛だった。

この小柄な体のどこにあれだけの量が吸い込まれていくのか、生物学的にも非常に興味がある。

デザートがワゴンで運ばれてくる。三田は目をきらきらさせて、全種類を盛り付けてもらっていた。まるでこれから食べ始めるのかといわんばかりの皿の数を、端から順にぺろりと平らげ、ボーイの苦笑を誘っていた。

「村崎さん、すごくおいしかったですね！」

満足したのか、三田が少しふっくらと膨らんだ腹をさすりながら言った。

「お前の食べっぷりには恐れ入るよ。いっぱい食べれてよかったな」

「はい！」

ホテルのロビーには大きなクリスマスツリーが飾ってあった。三田が足を止める。ほう、と思わずといったふうに見上げて、「綺麗ですね」と呟いた。

「サンタの国のツリーはもっとすごそうだな」

「いいえ」三田が首を横に振った。「クリスマスツリーというのは、人間の世界独特の文化なんです。僕たちはこんなものは飾りませんよ。この時期は忙しくてそれどころじゃないですから」

「そうなのか？」

「はい。みんな忙しくてピリピリしてます。トナカイさんたちもジム通いをして体力作りに励んでますし。僕もこっちに来て初めてツリーというものを見ました」

「ふうん。サンタもトナカイも大変なんだな」

ホテルを後にし、往来を歩く。もう九時をとっくに回っていたが、まだ街は賑《にぎ》わいを見せていた。イルミネーションが光り輝き、どこかでクリスマスソングが流れている。

「寒くないか？」

「はい、平気です」

答えた三田が擦れ違った男の肩に押されてよろめいた。

「おっと」村崎は慌てて手を摑《つか》み、自分の方へ引き寄せる。「大丈夫か？　危ないな」

「……す、すみません」

びっくりしたのか、目をぱちくりとさせた三田は動揺を鎮めるみたいに自分の胸元をとんとんと叩《たた》いている。寒さには強いが、人込みは苦手なようだ。そうだよなと思う。サンタはソリに乗って空を飛ぶものだというイメージが強いせいか、地上を歩く三田が心配だった。

駅前通りのイルミネーションで足を止める人が多いせいか、なかなか前に進めない。

三田の動線を確保するように道筋を選んで歩く。人込みを利用して本当は手をつなぎたかったが、さすがにそれはやめておいた。

ふと引っ張られた気がして見ると、三田の手が村崎のコートを摑んでいることに気づく。

無意識なのだろう。女の子がやるとこれも計算の内かと多少は勘繰ってしまう仕草が、三田だとそうは思わない。迷子にならないように必死に親の後をついて歩く子どものようだ。

――かわいいヤツ。

ぴったりと村崎に寄り添って歩く三田を背中で守るようにして駅へと急いだ。

電車に乗り、改札口を抜ける。繁華街から住宅地に戻ってきたせいか、随分と人がすいているように見えた。満員電車に揺られて村崎の腕の中で窮屈そうにしていた三田も、少しほっとしたように元気を取り戻す。人の熱気にあてられたのか、頬がやけに赤らんでいる。耳までピンク色に染めているのが、何だか妙に艶《なまめ》かしかった。村崎は変な気分になりそうで、咄嗟にそこから目を逸らす。

二人の前を奇妙なキグルミがぽてぽてと歩いていた。ドラッグストアのジャンパーを羽織った店員らしき女性が、横断歩道で信号待ちをしている人たちに試供品を配っている。

三田が興味津々に訊《き》いてきた。

「あれは何でしょうか」

「何だろうな、猫？　いやタヌキか。それにしては尻尾《しっぽ》が丸いぞ」

オレンジ色の正体不明のキグルミは風船を持っていた。子どもに配っていたのだろう。だが時間も時間だし、そろそろ引き上げたいのか、そこら辺の大人にまで差し出して無視されている。

「風船だ。お前も貰《もら》ったらどうだ？」

冗談のつもりだったが、三田がなぜか目をきらきらと輝かせる。

「あれが風船なんですね。本物を初めて見ました！」

「え」村崎は驚いた。「サンタの国には風船もないのか。そこら中にぷかぷか浮いてそうなイメージなのに」

「前はあったみたいなんですけど。昔、風船が割れる音にトナカイさんたちがショックを受けて次々に気絶する事件が起きたんです。クリスマスの前日のことで、ただでさえ忙しいのにもうみんなパニックになってしまったそうで……それ以来、風船は禁止になりました」

「トナカイってそんなことで気絶するのか」

「彼らはとても繊細なんです」

「……へえ」

ふてぶてしいナカイの顔を思い出し、つい相槌《あいづち》が棒読みになってしまった。

「あれは僕が貰ってもいいんですか」

「いいんじゃないか？　サラリーマンにまで配ろうとしてたし。手を出してみろよ」

三田を促してキグルミに近付く。三田が物欲しそうに大きな目を向けると、気づいたキグルミが風船を一つ差し出してきた。

顔をぱあっと明るくした三田が「ありがとうございます！」と、キグルミに礼を言う。なぜかキグルミまでが釣られるようにしてぺこりとお辞儀。その微笑《ほほえ》ましい光景は写真に収めたいくらいだった。

脂下がっていると、風船を持った三田が嬉しそうに戻ってくる。

「よかったな」

「はい！　村崎さん、見て下さい。これ、ハート型になってるんですよ」

「ハート？　へえ、ホントだ」

遠目にはただの楕円形に見えたそれは、赤いハート型の風船だった。何のキャンペーンなのだろうか。肝心の試供品はもらえないまま、信号が変わったので横断歩道を渡る。

顔の左横を赤いハートがぷかぷかと浮いている。三田が右手に風船の紐《ひも》を持っているからだった。こうしていると、まるで自分たちが相合傘の落書きの一部にでもなった気分だ。村崎は小学生のような妄想をして一人悦に入る。

アーケード街はすでにシャッターが閉まっていた。静まり返った通りを抜けると、キンと澄み渡る冬の風が身に沁《し》みた。

思わず身震いして首を竦《すく》める。ちらっと三田の様子を窺《うかが》ったが、ジャケットの上には何も羽織っていないのに、冷たい北風にもまったく動じていないようだった。ただ風船が風に持っていかれそうになるのが心配なのか、慌てて紐を手繰《たぐ》り寄せている。

村崎はきょろきょろと辺りに視線を走らせた。誰もいない。

よし、今なら手をつなげる。

そう、邪《よこしま》な思いを胸にいざ手を伸ばそうとしたら、寸前でハートの風船に先を越されてしまった。三田の手には紐がぐるぐると巻きついている。胸には風船を大事そうに抱き締めており、村崎は一瞬、風船にまで嫉妬《しっと》しそうになった。

空振りした手を寂《さび》しくコートのポケットにしまって、横目に三田を見つめる。

こいつは俺のことをどう思っているのだろうか。

こうやって一緒に出かけるくらいだから、嫌われてはいないはず。少なからず好意を持ってくれているとは思う。だが、それがどの程度なのかはまったく自信がない。

村崎の頭にはある一つの仮説が浮かんでいた。

昨日からずっと考えていたことだった。もしこれが有効ならば、三田を救い、なおかつ村崎の願いも叶うことになる。

そのために――三田の本当の気持ちが知りたい。

「村崎さん」

名を呼ばれて、村崎はハッと我に返った。

「うん？　どうした」

三田が胸の風船をぎゅっと抱き寄せる。

「今日は誘っていただいてありがとうございました。すごく楽しかったです」

はにかむように笑った。村崎の心臓がきゅんとかわいらしい音を立てる。

「……そうか。うん、俺もすごく楽しかったよ」

「本当ですか？」

大きな目に見つめられて、今度はドキッとした。「お、おう。もちろん」

「よかった」

その笑顔は反則だ。

悶々とする村崎の気持ちなど、三田は露ほども気にしてはいないのだろう。かわいらしい顔をちょっとばかり曇《くも》らせて、憂いの表情など作ってみせる。

「せっかくのお食事券なのに、本当は僕の立場なら断るべきでした。でも、村崎さんが誘ってくれて、それがすごく嬉しくて。昨日は今日になるのが待ち遠しくてドキドキしてなかなか眠れなかったです」

恥ずかしそうに笑った。その途端、村崎は自分でもわけがわからなくなるほどの強い衝動に駆られる。

気づくと手を伸ばし、三田を腕の中に閉じ込めてぎゅっと抱き締めていた。

「——!」

三田が息を吞《の》むのがわかった。赤いハートの風船がふわふわと夜空に上ってゆく。紐の先端は手に巻きついていたので、ちょうど二人の頭上で止まった。

「む」三田が声を上擦らせた。「むりゃ……っ」

ドキドキと心臓の音が聞こえてくる。自分のものなのか、それとも密着する三田のものなのかは区別がつかなかった。

村崎は一つ大きく息を吸い込む。

「三田」

思った以上に切羽詰まった声だと、内心で苦笑した。三田がびくっと小さく震える。両腕の中にすっぽりとおさまる小柄なサイズが愛しくて堪らない。

「そのまま聞いてくれ。今から俺の本当の気持ちを話すから」

「……」

三田が黙って硬直する。

「昨日、笹本さんとあんなことがあっただろ？　今日、俺が職員室に入ったら、彼女と赤水《あかみず》が仲良さそうに話していた。誤解も解けたみたいだし、あの二人は上手《うま》くいきそうだ」

「そんな！」と、三田が伏せた顔を跳ね上げた。

「まあ、聞けって」

ふわふわの頭をやんわりと自分の胸元に押し戻して、続ける。「俺はさ、そんな二人を目の当たりにしても、自分でもびっくりするくらい普通だったんだよ。動揺するわけでもなく、嫉《ねた》むわけでもなく。それどころか、よかったって心の中では祝福したりしてさ。何でそんな急に心境の変化が起きたんだろうって考えたら、理由は一つしか思い当らなかった」

三田が戸惑い気味に訊ねてくる。「理由って、何ですか？」

「うん。俺にはさ、笹本先生以上にもっと気になる存在がいたんだよ。いつの間にか、そいつのことしか考えられなくなってたんだ。たぶん今の俺は、そいつが俺じゃない別の誰かとイチャついてたら嫉妬に狂いそうになる」

「……そ」三田が掠れた声で呟《つぶや》いた。「そんな人が、いたんですね」

「ああ」

「じゃ、じゃあ、早くその人のところに行かないと」

三田がぐっと両手を突っ張って、無理やり村崎から離れようとした。「こんなところで、のんびりしている暇はないです。僕も全力でサポートしますから。ど、どんな人なのか、サンタクロースとして知っておく必要があります。そうだ、ナカイくんを呼びましょう。空から探して……ハッ、あのお食事券！　どうして、その人と使わなかったんですか」

「だから使っただろ」

「え？」

三田がきょとんとした隙《すき》をついて、村崎はもう一度その体を抱き寄せる。

「俺が誘いたかったのはお前だよ、三田」

耳元に唇を寄せて、想いの丈を打ち明けた。

「俺はお前のことが好きなんだ」

三田が、びくっと大きく身震いした。

僅《わず》かに沈黙が落ちた。三田が激しく動揺する様子が伝わってくる。

「……で、でも僕は、サンタクロースで、村崎さんの願いを叶えなくちゃいけなくて……」

「そのことなんだけど」

村崎はずっと考えていたことを口にした。「本部に登録されている俺の『願い』っていうのは、確か『恋人が欲しい』だったよな？」

「え？」

面食らった三田が、もぞもぞと動いて赤い星マークの手帳を取り出した。村崎の腕の中でこそこそと確認する。

「えっと……はい、そうです。『かわいい恋人が欲しい』と記録されています」

「だったら、その『恋人』になるのは別に誰だっていいわけだ」

「それは……」

「そもそも、人間に限定するというルールは聞いてない。俺が好きになったら、その相手がサンタクロースでも問題はないんじゃないのか？」

ハッと手帳から顔を上げた三田が、目を丸くして村崎を見つめてきた。淡い琥珀《こはく》色の綺麗《きれい》な瞳に、自分の顔が写っている。村崎は僅かに目を細めた。

「どんな審査方法で『恋人』と認定されるかは知らないが、俺は三田にも俺のことを好きになって欲しいと思っているよ。今回の仕事にお前のクビがかかっているのは知っている。でも、その『願い』とは関係なく、俺はお前のことが好きなんだ。お前に好きになってもらえるなら俺は何だってする。努力するから」

そっと華奢《きゃしゃ》な肩に両手をのせた。

「だから、俺とのことを真剣に考えてくれないかな」

三田からの反応はなかった。ぼんやりとした顔で村崎を見つめている。大丈夫だろうか、きちんと伝わっただろうか。俄に不安になって、村崎は恐る恐る呼びかける。

「三田？」

手の下で、いきなり電源が入ったかのようにびくんっと肩が大きく跳ね上がった。

「よかった、急に固まるから」

「あ」三田が焦ったように視線を彷徨《さまよ》わせる。「あの、僕、すみません。び、びっくりして何がなんだか……」

月明かりの下でもはっきりとわかるほど、三田の顔が赤く染まった。彼の言動のすべてがかわいくてかわいくて堪《たま》らなくなる。

「三田、俺の恋人になってくれないか」

「――む、むむ村崎さん、待って下さい。僕、男です」

「知ってるよ。それでも三田が好きだ」

「ぼ、僕、その、れれ恋愛とか、したことなくって」

「うん。だから、俺と恋愛してみないか？」

「あう、で、でも僕は、サンタクロースですから……」

「サンタさんが恋しちゃいけないなんて決まりはないだろ。なあ、三田」

村崎は混乱中の三田の赤面を見つめて言った。「俺はさ、自分の願いが叶《かな》えばいいなと思っている。そのために、お前に好きになってもらえるよう頑張るから」

我ながらこんなに積極的な一面があったのかと驚きだ。乏しい恋愛経験の中で、男を好きになるのも初めてなら、ここまで必死に誰かを口説いたことも初めてだった。

諦《あきら》めたくないと思う。こいつを自分の目の届かないところには行かせたくない。

もし、三田がサンタをクビになったとしても、その時は自分が責任を取るくらいの覚悟はあった。こいつと一緒ならあの狭いアパート暮らしも、きっとこの上ない幸せだろう。

少し心配になるほど顔を真っ赤に染め上げた三田が、石像のように固まってしまった。

「三田？　おい、大丈夫か」

急ぎすぎたかと反省する。そのうちプシューッと音を立てて倒れてしまいそうだ。

「とりあえず、明日からお試し期間ってことでいいか」

ハッと瞬《まばた》いた三田が、戸惑うように村崎を見上げてきた。

「もう俺を他の女とくっつける必要はなくなったんだ。明日からは、俺とお前が会う時はデートだ」

「で、デート？」

「そう。三田はただ楽しんでくれればいいよ。それで、もっと俺と一緒にいたいなって思ってくれたら嬉しい」

「……っ」

三田がきゅっと唇を窄《すぼ》ませて、もじもじしながら俯《うつむ》く。三田の手の動きに合わせて、赤いハートの風船も照れるようにふわふわ揺れる。

「この前、パフェが食べたいって言ってただろ。明日、一緒に食べに行くか」

「……」

くんっとハートが上下に動いたような気がした。

そわそわする三田が、恥ずかしそうにこくりと頷いた。

○○○

夢でも見ているのではないかと思った。

すごく幸せな夢で、けれども朝になって目を覚ましたら、あれは全部幻だったのだと酷《ひど》く落胆するような——。

「どうだ、初めて食べたパフェの感想は？」

夢ではなかった。ハッとして、三田はもぐもぐと口を動かしながら大きく頷いた。

「はい、すごくおいしいです！」

頬杖《ほおづえ》をついて眺めていた村崎が、とても嬉しそうに微笑む。とろけてしまいそうな優しい笑顔にドキドキした。こんな村崎は見たことがない。

「そりゃよかった。しかし、本当に美味《うま》そうに食べるな。鼻の頭にクリームがついてるぞ」

「え、どこですか」

焦ると、村崎が「動くなよ」とテーブルに身を乗り出し手を伸ばしてきた。指先で軽く鼻の頭をなぞられる。「ほら、取れたぞ」

指先にはぽってりと白い生クリームが乗っていた。「待ってろ、汚れてるからな」と、紙おしぼりでべたついた鼻を拭《ふ》いてくれる。いつものように「世話が焼ける」だの「ドジだな」だのと、小言が聞こえてこない。三田の口周りまでせっせと拭いてくれる村崎はなぜか楽しそうだった。

「……あ、ありがとうございます」

礼を言うと、村崎は指先のクリームを自分の舌で舐《な》め取って笑った。「急がなくても誰も取らないから、ゆっくり食べろよ」

いつもの村崎じゃない。

顔がカアッと熱くなるほど優しい声が鼓膜をくすぐって、三田は何だか無性に恥ずかしくなった。急いでグラスの中を掻《か》き回し、バニラアイスとチョコソースのかかったバナナをスプーンで掬《すく》う。大きく口を開けていっぱいに頬張った。ちらっと上目遣いに見ると、にこにこと目を細めた村崎がじっと三田の様子を観察している。そわそわとして落ち着かない。

冷たいアイスが舌の上で溶けて、バナナの柔らかい食感が歯に当たった。さっきまで甘い味がしていたのに、緊張が邪魔をして何を食べているのかよくわからなくなる。

随分と長い夢を見ているのだ。そう言われた方が、まだ納得できたかもしれない。

けれども今、目の前にいる村崎は確かに本物で、三田は彼の行きつけの喫茶店でデート中だった。すべて現実の話だ。

「そういえば」

ホットコーヒーを飲みながら、ふと村崎が言った。「最初の頃、お前とここで会った時、あの席で膨大な量の食事をしてたよな。何でパフェだけ食べ忘れてるんだ」

おかしそうに笑われる。三田は胸がドキドキして、なかなか口の中の物が飲み込めない。

「……メニューの、端っこに書いてあったんです。それで、注文をし忘れていて」

「ナポリタンやホットケーキは五皿ずつ頼んでたのにな」

「何で知ってるんですか！」

「何でって、あの時の会計は俺が支払ったからだよ。この食い逃げ犯め」

「そ」三田は青褪《あおざ》めた。「そうだったんですか。僕、てっきりナカイくんが払ってくれたのだとばっかり……あの、ちゃんと払います。いくらでしたか」

「おい、冗談だよ」

慌てて鞄から財布を取り出そうとした三田を、村崎が止めた。「いいって、あれはお前にご馳走《ちそう》したんだよ。それに、こうやってまた一緒にここに来れたんだから」

な、と微笑んでみせる。パフェよりも甘そうなその笑みに、三田は心臓がきゅんと捻《ねじ》れてしまったかと焦るほど動揺してしまった。昼間なのに客のいない店内を、わけもわからずきょろきょろと見回してしまう。

これまでも村崎と二人きりになることは何度もあった。けれど今日の彼はそれまでとはまったく雰囲気が違っている。

——明日からは、俺とお前が会う時はデートだ。

そもそも自分は村崎と笹本のデートを応援していたはずなのに、一体いつ何がどうなって今こんな状況になっているのだろうか。三田はいまだ村崎の言動に半信半疑だった。

「どうした？　急に黙り込んで」

村崎が不審そうに訊いてきた。

三田はグラスの中身を長いスプーンで意味もなく掻き混ぜながら、言葉に迷う。

「あの」

「うん？」

「えっと、き、昨日……村崎さんが言った話は、その……ほ、本当なんですか？」

一瞬、沈黙が落ちた。

「話って、俺がお前を好きだってことか？」

直球が返ってきて、動揺した三田はガチャンとスプーンをグラスにぶつける。大きく傾いた食べかけのグラスを「危ない」と、村崎が手を伸ばして支えた。

「す、すみません」

「何をそんなに慌てるんだよ」

村崎が小さく笑った。「このさくらんぼみたいに顔が真っ赤だぞ。まったく……くそっ、かわいいな。なあ、三田。どうすれば、俺のことを好きになってくれる？」

「え？」三田はきょとんとした。「ええっ⁉」

ぐらぐらと沸騰した頭は思考を停止し、ぱくぱくと口を意味もなく動かす。対面の村崎がおかしそうに火照《ほて》った三田の頬を軽くつまんできた。

「そんなに驚くことないだろ。昨日と同じことを言っただけじゃないか」

「……き、昨日とは、言葉が違います」

「そうだっけ？　でも意味は同じだぞ。俺はお前のことが好きだよ。冗談でも何でもなく、本音だから。俺の気持ちを疑ってくれるなよ」

少しだけ責めるみたいに頬をつつかれて、カアッと顔が火を噴いたみたいに熱くなる。

やはり、夢じゃない。太腿《ふともも》をぎゅっとつねってみたけれど、とても痛かった。

「そうだ。せっかく明日は仕事が休みなんだから、どっか出かけるか。どこに行きたい？」

「ふ、二人でですか？」

「もちろん。ナカイには何て言って留守番させるかな」

彼は今、支部にいる。他の仕事の件で呼び出しを受けたのだ。

そういえばと思い出した。

「ナカイくんは、明日はトナカイ会議のはずです。朝早くから出かけると思います」

「トナカイ会議？　そんなもんがあるのか」

「情報交換会だそうです。ナカイくんは去年まで関東トナ会のリーダーを務めてたので、今も他のトナカイさんたちからいろいろと相談をされるみたいです」

「え。あいつ、そんなに偉かったの？」

「そうなんです。僕も契約を結ぶまで全然知らなかったんですけど、本当は優秀なトナカイさんなんです。僕なんかにはもったいないくらいの……」

しかし、そんなナカイを自分は近々路頭に迷わせてしまうかもしれない。何とかしなくてはと焦る。こんなところでパフェを食べている場合じゃなかった。

スプーンを握り締めると、いきなり眉間《みけん》を指先でぐりぐりとされた。

「珍しくこんなところに皺《しわ》を寄せて、何を考えているんだ」

村崎が三田を見つめて言った。「まあ、大体想像はつくけどな。俺と一緒にいるのに、ナカイのことを考えられるとちょっと妬けるなあ」

「え？」

「悪い、今のは半分冗談。ナカイは、お前とコンビを組めてよかったって言ってたぞ。だから、自分にはもったいないなんて卑屈なことを言うな。アイツもお前にそんなふうに言われたらきっと悲しがる。それに、三人とも幸せになれる方法を見つけただろ」

三田はゆるゆると目を瞠った。村崎がにやりと笑う。

「昨日の赤い風船みたいに、お前が俺にハートを飛ばせばいいんだよ。俺はいつでも受け入れる準備はできてるぞ」

思わず取り落としてしまいそうになったスプーンを、村崎がさりげなく奪う。グラスの中身を掬い上げた。

「安心して飛び込んで来い。その代わり、摑まえたらもう離さないからな。はい、あーん」

三田は反射的に口を開いてしまった。スプーンが口の中に差し入れられる。

「美味いか？」

「……はい」

もぐもぐと動かす口元を、村崎が幸せそうに微笑みながら指の腹で拭《ぬぐ》ってくれた。指先に付着したチョコレートソースをぺろりと赤い舌で舐め取る。物足りないのか、唇まで舐め回している。

そのどこか獣じみた仕草は扇情的で、三田は思わずごくりと喉《のど》を鳴らしてしまった。

唾液《だえき》で湿った村崎の肉感的な唇につい目が吸い寄せられる。

急速に胸が高鳴り、三田は店を出るまでそわそわと落ち着きない気分のまま過ごした。

村崎が提案した『願いを叶える方法』は、アカデミーで学んだ三田の常識を超えていた。彼の恋愛対象者は人間であることが前提だと思い込んでいた。でもよく考えてみると、そんなルールがあると厳密に記されているわけではないし、サンタクロースが対象外だとも言っていない。

つまり、三田も対象者の一人に含まれる。

村崎に好きだと言われて、三田はとにかくびっくりした。

まさか彼がそんなふうに自分のことを想ってくれていたとは、まったくもって知らなかったからだ。想像したこともなかった。

村崎は人がいい。面倒見がよく、周囲の人たちからとても慕われている。塾に通う子どもたちはみんな彼が大好きだ。それは遠目に彼らの様子を観察していた三田にもよく伝わってきた。そして何より、こんな要領の悪い三田を罵《ののし》って突き放すこともせず、一緒に傍《そば》にいることを許してくれた。心がひろくて、すごく優しい人なのだ。

加えて最近の村崎は、少し過剰ではないかとドキドキしてしまうほどに優しくて、三田は困惑していた。

村崎のことは好きだ。けれども、それが恋愛感情かと問われればよくわからない。三田はこれまで、別の誰かを恋と意識して好きになったことがないのだった。経験したことがないから、同じ好きでもどこから先が村崎と同じ好きに分類されるのか、区別がつかない。

だけど昨日、今まで感じたことのないような胸のざわつきを経験したのだ。

勝手に笹本をターゲットから外してしまった村崎にヤキモキしたナカイが、彼に婚活パーティーというイベントの参加を勧めたのが始まりだった。しかし村崎は冗談じゃないとまともに話を取り合おうとしなかったので、ちょっとした諍《いさか》いにまで発展してしまったのである。

すると今度はナカイが何枚かの写真を取り出し、この中から好みの女性を選べと言った。うんざりとする村崎を傍ではらはらしながら見守っていた三田は、きっと彼はこれにも何の反応も示さないだろうなと考えていた。しかしその矢先、村崎は「じゃあ、この子にする」とトランプのカードを引き抜くみたいに一枚の写真を手に取ってしまったのだ。

あの時の心臓が嫌なふうにドキドキと高鳴って、手足の先端からすうっと冷たくなっていくような、空恐ろしい気持ちは今思い出しても気分が悪くなる。

更に村崎は、気が散るから同行するのは三田だけでいいと言い出し、またナカイともめだしたのだ。

その傍らで、三田は頭が真っ白になり、尋常ではないくらい動揺していた。どうしてこんなふうになってしまうのか、自分でも理由がよくわかっていなかった。胸の辺りがもやもやとして、それから二人が何を話していたのか、よく覚えていない。

しょんぼりしながら隣の部屋に帰る村崎を見送った時、彼は弱ったような顔をして三田にこっそり耳打ちしてきたのだった。

「さっきのは全部ウソだからな」

「？」

「俺が選んだ写真の女の人は、あれは塾長の娘なんだ。顔見知りだし、何かあったら協力してもらえるかもしれないし。あの場でどれか選んでおかないと、ナカイがうるさいだろ。でもおかげで、明日からナカイにいちいち俺と会う言い訳を考えなくて済むぞ」

「――！」

三田は目をぱちくりとさせた。村崎が少し不満そうな表情を浮かべて、「まさか、本当に俺が別の女の人を気に入ったと思ったか」と訊いてきた。三田は言葉を詰まらせた。

「そんなわけないだろ。俺が好きなのはお前だって、ちゃんと伝えたよな」

顔を覗《のぞ》き込むようにして言われた途端、三田はカアッと自分の顔が火を噴いたみたいに熱くなるのを感じたのだ。

こういう気持ちはどう表現したらいいのだろう。経験が乏しいと、適切な言葉を当てはめることができなくて、もどかしいばかりだった。

今も、村崎の隣を歩いているだけでドキドキしてしまう。

昨日のことがまだ鮮明に頭に残っているせいか、今日は村崎と顔を合わせてからずっと心臓がドキドキしている。この音が隣の村崎にまで聞こえはしないかと、三田はひそかに焦っていた。

こそこそと盗み見るようにして村崎を見つめる。ふいに村崎が三田の視線に気づいてこちらを見た。

「うん？　どうした」

その瞬間、きゅんっと三田の心臓はかつて聞いたことないような音を立てた。

「な」びっくりして、思わずブンと顔を逸《そ》らしてしまった。「何でも、ないです」

「そうか？　おい、三田。お前、耳が赤くなってるぞ。寒いからな、これ被《かぶ》っとくか」

村崎はそう言って、自分の黒いニット帽を三田の頭に被せてくれた。帽子に押さえつけられたくるくるの前髪まで丁寧に整えてもらう。村崎の指が顔にかかっている間中、三田は緊張して無意識に息を止めてしまっていた。

「寒くないか」

「……大丈夫です」

にっこりと微笑んだ村崎が、帽子の上から優しく撫でてくれる。心臓のドキドキが、体が震えるくらいに大きくなる。

——三田はただ楽しんでくれればいいよ。それで、もっと俺と一緒にいたいなって思ってくれたら嬉しい。

村崎の言葉が蘇《よみがえ》る。三田は思ってしまった。

——僕も、もっともっと村崎さんと一緒にいたい。

この気持ちは、村崎が三田に言ってくれた好きと同じものなのだろうか。あるいは同じとまではいかなくとも、彼の気持ちにちょっとずつ近付いていっているのかもしれない。ドキドキが大きくなった分、三田の村崎に対する名前のつけられない気持ちもどんどん大きくなっているような気がする。

ドキドキしながら一緒に昼食をとった後、職場に向かう村崎を見送った。

村崎が仕事をしている間、三田は何もしないわけにはいかないので、アカデミー時代の講師に頼み込んで魔法の特別講義を受けていた。いざという時、少しでも村崎の役に立てればと思う。もうポンコツとは呼ばせない。

今日は帰りが遅くなるようで、お迎えはいらないと言われた。いつも仕事が終わる時間になると、三田は塾の前のガードレールに座って村崎が出てくるのを待っている。そうして一緒にアパートまで帰るのだ。

帰りは村崎と別々なのか。思った以上にがっかりしている自分がいた。

いつの間にか、ひとけのない往来を手をつないで歩くことに慣れてしまった左手が、今日は何となく落ち着かない。

寂しい気持ちを持て余しながら、一人でアパートに帰宅する。

202号室には明かりが点《とも》っていた。

朝から出かけていたナカイが戻っているようだ。錆《さ》び付いた鉄階段を上り、外廊下を歩いていると、いい匂いが漂ってくる。

「ただいま」

ドアを開けると、美味《おい》しそうな匂《にお》いに空腹を刺激された。

「聖夜《せいや》様、お帰りなさいませ。外は寒かったでしょう。さあさあ、早く上がって下さい。ちょうど今出来上がったところですよ」

スーツの上からトナカイマークのエプロンをつけたナカイが、お玉を持ちながら出迎えてくれる。「今日はあたたかいクリームシチューです。知人のトナカイから焼きたてのパンをもらったんですよ。今から切り分けますね」

「ナカイくん、今日も支部に行ってたの？」

「ええ。しばらく離れている間に雑用が溜《た》まってましして。どうせこちらにいても、私は村崎さんから邪魔者扱いされて近寄らせてはもらえませんから」

ちくちくと刺々《とげとげ》しい物言いが返ってくる。

「そういえば、村崎さんは一緒ではないのですか？　いつも図々《ずうずう》しく聖夜様にひっついて現れるのに」

「仕事で遅くなるみたいだよ」

「そうですか。日本人は働きすぎだと統計にも出てますからね。最近の人間に願いは何かと訊ねると『もっと自由な時間が欲しい』とか『学生に戻りたい』とか、無茶を言うらしいですよ。時間魔法はいろいろと制限や制約が厳しいですからね。赤星サンタもほとほと困っているとか。今日も事務局では手続きのための列ができていました。その点、村崎さんはある意味素直というか、欲望に忠実な方で助かりましたね。最近、すっかりうちでゴハンを食べる習慣がついてしまって少々目に余りますが」

パンナイフを器用に操り、口では文句を言いながらも律儀に三人分を皿に分ける。シチュー皿もちゃんと村崎の分まで用意してあった。

「さあ、いただきましょう」

「うわあ、おいしそう」

三田はいただきますと手を合わせると、さっそくシチューを頬張った。

「おいしい！　ナカイくん、また腕を上げたね。何でもできちゃうんだね、すごいよ」

「いえいえ。主人の体調管理もトナカイの役目ですから。聖夜様の血肉になるよう、栄養面もばっちり計算してますよ。お鍋は野菜をたっぷり取れていいのですが、ミネラルが足りません。今日は海藻サラダも作ってみました。シチューにはお豆も入ってますからね。たくさん食べて下さい。ところで、村崎さんの件は順調ですか？」

ぎくりとして、三田は思わず手を止めた。せっかく掬ったシチューが、スプーンからぽたぽたと皿に戻っていく。

「おやおや」ナカイがすかさず布巾でテーブルを拭く。「ちゃんと水平にスプーンを持って下さい。撥《は》ねて服が汚れますよ」

「ご」三田はあわあわとした。「ごめんね。ありがとう」

一旦スプーンを置き、三田は悩んだ。本当のことを話すべきかどうか。

「どうされました?」

しかし、どう切り出していいのかわからない。「ううん。何でもない」とかぶりを振った。

「聖夜様」

「何?」

「毎日、魔法の特訓をされているのでしょう?」

「な」三田はぎょっとして顔を跳ね上げる。「何でわかったの!」

「わかりますよ。トナカイの情報網は広いんです」

ナカイがくいっと眼鏡《めがね》を押し上げた。

三田は焦る。村崎とのことではなく、特訓の方がバレてしまった。

「あの、ナカイくん、ごめんね。この前、偶然、先生に会ってね。それで僕、やっぱり自分が情けなくて……少しでも上手くなりたくて、先生のところに習いに行ってるんだけど」

三田が『先生』と呼んでいる相手は、実はナカイの元ご主人でもある。三田と出会う前の話だ。最後はケンカ別れだったと聞いている。今もナカイは彼のことをよくは思っていないようで、三田もなるべく話題にしないように気をつけていた。

おろおろとする三田を見て、ナカイがにっこりと微笑んだ。

「私に謝る必要はありませんよ。聖夜様がそうされたいと思うのなら、私は全力で応援するだけです。それに、クリスマスまであと一週間ですからね。ここまで来たら、もうなりふり構っていられないでしょう」

ドキッとした。当初、魔法の特訓は村崎の願いを叶えるためのものだったけれど、今は違う。もうそれについては使う必要がなくなってしまった。

やはり、ナカイにはきちんと話さなければならない。

「あ、あの……」

「そうそう」ナカイがパンを千切って口に放り込んだ。「村崎さんが新しいターゲットに決めた女性はどうですか？　彼女は村崎さんが勤めている学習塾の塾長の娘ですから、そちら方面から接触を図るのも一つの手だと思います」

「え？」三田は頭が話についていけず、あたふたした。「あ、う、うん。そうだね」

「案外、村崎さんとはお似合いかもしれませんね。町内会のイベントなどで何度か顔を会わせているという情報でしたので、私も候補として勧めてみたのですが、村崎さん自身も気になっていたようですね。彼女の方も八割方いけるでしょう。これはさくさくと進めていいと思いますよ。笹本女史にばかりかまけていないで、さっさと乗り換えていれば今頃は恋人同士になっていてもおかしくありませんでした。私たちも一安心できたのに」

三田はいよいよ焦った。実は彼女本人を三田はまだ見たこともないのだと、真実を明かしたらナカイは何と言うだろうか。

「あ、あのね、ナカイくん」

「はい?」

ナカイと目が合う。三田はごくりと唾《つば》を飲み込む。このまま黙っていてもどうせすぐにばれることだ。計画を実行に移すには、ナカイの協力も必要になる。

「実は……」

三田は思い切って、村崎が提案した願いの叶え方をナカイにも話して聞かせた。

「――と、いうことなんだ」

話し終えると、考えていた以上に重苦しい沈黙が落ちた。三田は正座した両肘《りょうひじ》をぎゅっと摑む。もしかしたら「いいじゃないですか!」と、ナカイも賛成してくれることをひそかに期待していたのだけれど、どうもそういう雰囲気ではない。

時間が流れる。コチ、コチ、コチ、と時計の針の音が狭い六畳間に響き渡る。

ふいに、ナカイが「つまり」と重たい口を開いた。

「村崎さんが恋人になりたいと願う相手は、青葉《あおば》女史ではなく、聖夜様――ということですか」

「……うん」

「村崎さんと聖夜様がめでたく恋人同士になれば、そもそもの村崎さんの願いは成就したことになり、結果、私たちのクビもつながる」

「うん、そうなんだ」

三田はこくこくと頷いた。

「肝心な点が抜けてますね」

ナカイが三田をまっすぐに見つめて、冷やかに言った。

「聖夜様のお気持ちはどうなんです」

「え？」

「恋人として受け入れるということはつまり、聖夜様ご自身も村崎さんのことが好きだとでも仰《おつしや》るつもりですか」

三田は息を呑んだ。膝《ひざ》の上で強く両手を握り締める。不思議と迷いはなかった。夜道を一人で歩きながら考えたのだ。今、誰かにそう訊かれたら、自分はこう答えるだろう。村崎の傍にいたいし、手をつなぎたい。自分の気持ちに自信があった。

三田は僅かに俯き、こくりと頷いた。

「……うん。僕も、村崎さんのことが好きなんだ」

今度はナカイが息を呑む。

自分の本音を口に出したことで、一気に村崎への想いが膨れ上がったようだった。カアッと首筋から熱が上ってきて、頬が真っ赤に染まるのが自分でもわかる。

「村崎さんが、僕のことを好きだって言ってくれて、最初はすごくびっくりしたんだ。でも本当のことを言うと、嬉しかった。ドキドキして、一緒にいるともっとドキドキして、すごく幸せな気分になって、気づいたら僕も村崎さんのことが好きに……」

「何を言っているんですか！」

ナカイの鋭い声に、三田は思わずびくっと肩を跳ね上げた。

驚いて目を丸くする。ナカイが信じられないものを見るような目で三田を凝視している。

「対象者を好きになるなんて、何を考えておられるんですか」

「でも」三田は食い下がる。「サンタだからって、人を好きになっちゃいけないなんてキマリはないから……」

「すぐに忘れられてしまうのに？」

「――！」

ハッとした。心臓を槍《やり》で貫かれたような気分だった。言葉を失《な》くす。

「クリスマスが過ぎれば、願いの成就にかかわらず、対象者から私たちの記憶の一切が消去されます。まさか、そんな基本的なことをお忘れになっていたのですか？」

三田は何も答えられなかった。本当にどうしてと思う。どうして、そんな大事なことを今の今まで忘れていたのだろう。新人でもない、赤星サンタの自分が。

過保護なナカイが珍しく呆《あき》れ返ったようなため息を漏らした。

「まさか、村崎さんとずっと一緒にいられるとでも？」

「……っ」

浮かれて舞い上がっていた自分が酷く恥ずかしかった。目の前が真っ暗になる。軽い眩暈がして、脳裏を村崎の笑顔がよぎった。脇に置いた黒いニット帽を見つめて、涙が込み上げてくる。彼の気持ちに答えるなんて、最初から無理な話だったのだ。

「いい加減、目を覚まして下さい」

ナカイが厳しい口調で諭してくる。

「我々の任務は対象者の願いを叶えること。そして、クリスマスが過ぎればここから去る。対象者に我々の記憶は何一つ残らない。たとえ今、村崎さんが聖夜様のことを好きだ好きだと情熱的にアピールしていたとしても、午前零時になった時点で、その気持ちはすべて最初からなかったものとされます。村崎さんの記憶の中に、聖夜様は跡形もなくなるのですよ。それでも幸せだと言えますか？」

「――え？」

村崎は自分の耳を疑った。

明らかに今のは聞き間違いだろう。近くを車が通った気がする。雑音に紛れておかしなふうに聞こえただけだ。

「悪い。車の音でよく聞き取れなかった。三田、もう一回言ってくれるか」

「僕は」三田が硬い声で繰り返した。「村崎さんとお付き合いすることはできません」

「え？」

今度は雑音に邪魔されず、はっきりと聞き取れた。だから余計に困惑する。

「三田？」

村崎の呼びかけに、彼は俯いて顔を上げようともしない。くるくるの髪の毛が冷たい風にふわふわと揺れた。

三田が手に持っていた黒いニット帽をぎゅっと握り締める。

「これ、ありがとうございました。お返しします」と、村崎に差し出してきた。

村崎は受け取らなかった。

「……何があった？」

訊ねると、帽子を持つ手がぴくりと震えた。僅かな間があって、「何もありません」と感情を押し殺したような硬い声が返ってくる。

「ないわけないだろ。昨日までは、まったくそんな素振りもみせなかったじゃないか。そういえば、今朝はベランダに出てこなかったよな。寝坊したんだろうなと思って声をかけなかったんだ。ランチの約束をしてたし、どうせすぐに会えると思って……」

しかし、待ち合わせ場所で顔を合わせた瞬間から、三田の様子はどこかおかしかった。

いつもそわそわと人待ち顔できょろきょろしているのに、今日はずっと思い詰めたような顔をして俯いていた。いつもなら村崎を見つけた途端、にっこりと笑って手を振ってくれるのだが、今日は他人行儀に会釈をされただけだ。

「昨日、俺と別れてから何があったんだ？」

一体、このたった一日の間に彼の心境にどんな変化が起きたのだろう。村崎は懸命に記憶を手繰り寄せたが、それらしい出来事は何一つ引っかからなかった。昨日もこの場所で待ち合わせをしたのだ。一緒に昼食をとり、それから公園でぶらぶらと散歩をした。寒そうにしていたから帽子を貸してやって、屋台に興味津々だったから熱々の鯛《たい》焼《や》きを買ってやった。ベンチに座って一緒に食べて、それから村崎は仕事に戻り、三田は魔法の特訓をしに行ってくると張り切っていた。ちょっと冗談を言い合って、村崎が見つめると頬をぽっと染めて恥らうような素振りをしてみせる。そういうところも堪らなくかわいかった。

三田に「いってらっしゃい」と見送られて、村崎は幸せだった。自惚れではなく、たぶん三田もちゃんと村崎のことを彼なりに考えてくれている。そう素直に思えた。そんな矢先のあの彼の言葉だ。

俄《にわか》には信じられない。

「……あ、もしかして。昨日、一緒に帰れなかったことを怒ってるのか」

村崎はようやく一つ心当たりを見つけて、内心ホッとした。「だったら、悪かったよ。仕事が立て込んでいたんだ。でも今日は大丈夫だから、一緒に帰ろう。こんなところで立ち話もなんだな。ほら、どこかに入って温かい物でも食べよう。そうしたら少しは落ち着くぞ。顔色がよくないな。きっと腹が減ってるんだよ。お前の胃袋は特大サイズだから」

しかし、三田はふるふると首を横に振った。

「今日はこれからすぐに支部に行くんです。泊まりの予定です」

「じゃ」村崎は必死だった。「じゃあ、明日のお昼は何が食べたい？　三田の好きな物を食べに行こう。そうだ、動物園に行きたいって言ってたよな。今度の休みに行くか。計画を立てような……」

「もう村崎さんと一緒にごはんは食べません。動物園も、行けないです」

ごめんなさい。と頭を下げられて、村崎は一瞬、頭の中が真っ白になった。

「……何で？」

じゃり、と靴底が砂を噛《か》んで滑る。一気に距離を詰めて両手で華奢な肩を掴むと、三田がびくっと怯《おび》えたように顔を上げた。

「どうしてだ？　理由は？　俺の何が悪かった？　ちゃんと教えてくれ。ダメなところは直すから、だから」

「ごめんなさい！」

村崎の声を遮るようにして三田が再び頭を下げた。思わず押し黙り、目を瞠る。続けるはずだった言葉を無理やり飲み下す。ふわふわの髪に触れようとして、寸前で自制した。

「違う、三田。謝って欲しいんじゃない。きちんとお前と話がしたいんだ。どうして、急にそんなふうに態度を変えたんだ。嫌なところがあったら、俺のここが嫌だってはっきり言ってくれていいんだよ。俺もその方が嬉しいから」

「村崎さんは、悪くないです」

「え？」

三田が俯いたままぽつりと言った。

「……悪いのは、僕の方なんです」

「ちょっと待ってくれ」村崎は益々《ますます》頭が混乱しそうだった。「悪い、お前の言っている意味がよくわからない。もう一回、最初から順を追ってゆっくり話そう。とりあえず、場所を変えよう。ほら、こんなに冷たくなって……」

血の気の薄い乳白色の頬に触れた瞬間、まるで電流が走ったかのように三田がびくっと震え上がった。ニット帽が地面に落ちる。ハッと反射的に顔を跳ね上げた三田自身が相当驚いた顔をしていた。今にも泣き出しそうなくらいに表情を歪《ゆが》めたかと思うと、逃げるように村崎の手を振り払う。パシッと拒絶された。

ショックだった。

「村崎さんは、いい人です」

新たに距離を取って、三田が言った。「僕は、村崎さんが好きです」

その瞬間、へなへなと腰が抜けてしまいそうになった。

「……何だよ、脅かすなよ」

咄嗟《とっさ》に詰めた息を吐き出し、青褪めるほど動揺した胸を撫で下ろす。ふいに笑いが込み上げてきた。おかしくてというよりも、ホッと安堵《あんど》して思わず表情筋が弛んだといった感じだった。

「思い詰めた顔でごめんなさいなんて言うから、俺はもうてっきり……」

「でも、その好きは違うんです」

「え？」

「村崎さんが僕に言ってくれた好きと、僕が村崎さんに言う好きは、違うんです」

「……」

「だから」三田が大きな目で村崎を見つめた。「僕は村崎さんの恋人にはなれません」

村崎はふいに焦点がぼやけて、何だか夢の中にいるような足元が覚束《おぼつか》ない奇妙な気分に陥った。悪夢を見ているようだ。

長いのか短いのかよくわからないほどの沈黙が落ちた。

先に口を開いたのは、三田だった。

「今後は」感情がすぐに表に出てしまう彼にしては、珍しく淡々とした物言いだった。「村崎さんの願いを叶えるための、新しいプログラムを進めていくことになります」

「……新しいプログラム？」

「僕は、サンタクロースです。任務終了までは村崎さんの願いを成就させるために、万全を尽くします。そのために必要なことを……」

「待ってくれよ。急にそんなことを言われても、頭がついていかない。俺は、お前のことが好きだって言ったんだぞ。まさか、今からまた別の女の人を好きになれって言うのかよ」

「はい、そうです。それが村崎さんの願いだからです。ぼくの、仕事だからです。クリスマスまでには絶対に村崎さんを幸せにしてみせます。安心して下さい」

「安心って……」

そんなことができるわけないだろう。

急に人が変わったみたいに冷たくなった三田の言動が、いまだに信じられない。まだ村崎は、これがすべて夢の中の出来事なのではないかと疑っていた。

「三田、本気で言っているのか？　もしかして、ナカイに俺たちが二人で遊んだりしてることがばれたのか。何かおかしなことを吹き込まれたんだろ」

「ナカイくんは関係ないです。ぼくはサンタクロースとして、ここにいるんです。村崎さんの恋人になるためじゃありません」

「――っ」

何も言い返せなかった。茫然と立ち尽くす村崎に、三田が地面に落ちたニット帽の砂を払って押し付けてくる。礼儀正しく一礼して、くるりと踵《きびす》を返す。去って行く後ろ姿は、村崎が知っている彼とはまったく別人のもののように思えた。

本気でわけがわからない。

頭が酷く混乱して、頭痛と眩暈にまで襲われる。その後どうやって職場まで戻ったのか、記憶が定かではなかった。

のろのろと職員室のドアを開けると、塾長の青葉に「村崎先生」と声をかけられた。

きちっと背広を着こなしたロマンスグレーの彼がにこにこと笑いながら歩み寄ってくる。

「先生も日曜の町内会イベントに参加していただけるということで、急な話ですけど当日はよろしくお願いしますね」

「……はい？」

村崎はまったく身に覚えのない話に困惑した。しかし、塾長は上機嫌に話を続ける。

「うちの娘も楽しみにしていてね。去年も確か、村崎先生と一緒に子どもたちにお菓子を配ったんじゃなかったかな。先ほど村崎先生の参加を伝えたら、とても喜んでいましたよ」

戸惑う村崎は、講師の間で回っていたらしいその用紙を見て、ようやく何のことか理解した。参加希望を募る欄に、明らかに自分の物ではない筆跡で村崎の名前が記入されている。

——新しいプログラムを進めていくことになります。

三田の感情の欠けた機械のような声が脳裏を過ぎった。

ああ、そうか。こういうことか。

頭では点と点がつながったのに、感情がついていかず、どうしていいのか途方に暮れる。

三田を好きだという村崎の恋心が最初から存在しなかったかのように、新しいプログラムがすでに進められている。これにはかなり傷ついた。

ヘタクソな三田の字を見つめて、村崎はしばらくの間、動くことができなかった。


三田とせめてもう一度話し合いの場を持ちたかったが、あれから二日間、まったく会ってもらえなかった。

連絡をとろうにも、そういえば三田が携帯電話を持っているところを見たことがない。そもそも毎日一緒にいたので、わざわざ連絡先を聞く必要がなかったのだ。

三田の行動は、完全に村崎が避けられていると確信できるほどあからさまだった。仕事先から帰宅しても202号室は真っ暗。朝になってもベランダはガランとしていて、毎日ナカイが干していた洗濯物もこの二日間は揺れていない。

最後に会った時、三田は支部に行くと言っていたが、あれから一度もアパートには戻ってきていないのだろうか。

そんな状態で、どうやって村崎の恋を成就させるつもりだろう。

三田の考えていることは何となくわかった。村崎を青葉塾長の愛娘とくっつけようとしているのだろう。ナカイの余計なお節介から逃れようとして、適当に選んだ写真が仇《あだ》となってしまった。

彼は本当にそれでいいのだろうか。驕《おご》るわけではないが、村崎にはどうしても三田が自分の意思であんなことを言ったとは思えなかった。正直に言うと、三田も村崎のことを好いているのではないかと思っていたくらいだ。手をつないでも嫌がる素振りはみせなかったし、それどころかひとけがなくなるとそわそわし出して、村崎の手を待っているふうでもあった。照れたように笑う三田の顔が脳裏をちらついて離れない。

三田の性格で駆け引きなんてものができるとは思えなかった。村崎と一緒の時に見せていた顔は、あれは彼の本心だったのだと今も信じている。本当に自分は三田にふられたのだろうか。たとえ急な心変わりがあったにせよ、そこには何らかの理由があるはずだ。きちんと確かめるまでは納得できない。

村崎はもやもやとした気持ちを抱えつつ、日曜日の朝から町内の会館に来ていた。

青葉塾は基本的に日曜の授業枠を設けていない。

講師陣も休みなので、そうなると時々、塾長からお誘いがかかる。家族サービスをする必要のない独身男は誘いやすいのだろう。村崎の今年の町内イベント参加率は八割を超えていた。もうすっかり婦人会のおばちゃんたちとも顔なじみだ。

村崎が近所の会館に行くと、この時期恒例になっているバザー会場にはいくつかのテントが張られていた。

「うわ、すごいな」

クリスマスが近いせいか、巨大なツリーもできている。飾りは安っぽいが、みんな携帯電話を掲げて写真を撮っている。なぜか脇の長机に子どもたちが集まって、星型に切り取った色画用紙に願い事を書いていた。七夕と勘違いしているのだろうか。

「あら、村崎先生じゃない」

近くのテントで品物を並べていたおばちゃんたちに声をかけられる。「どうも」と挨拶をすると、リボンの付いたクッキーの袋を一つもらった。モミノキや星型に刳《く》り貫《ぬ》いたクッキーにピンクや黄色のアイシングでかわいらしくデコレーションしてある。

「今年も参加してくれるの？」

「ちょっとー、いい年をした男が日曜にこんなところにいていいのかしらねえ」

「アハハ、ヒマなもので」

「うちのタケシも午前中は部活だけど、昼から来るって。先生には本当にお世話になって」

「いえいえ。タケシくん、元気にしてますか」

おばさん三人衆のうち一人は、以前村崎が教えていた塾生の母親だ。その彼も今はもう高校生。時が経《た》つのは本当に早い。町内会のイベントに顔を出すと、たまに教え子と再会することもあり、それもまた楽しみの一つだった。

「おう、先生！　こっちこっち」

自治会のおじさんに手招きされて、村崎は会館の中に入った。

そして、ポンとキグルミを渡される。今年に入って、町内会がマスコットキャラクターとしてことあるごとに使っているクマクマだった。

「……え。また俺、これを着るんですか」

「そうだよ。こんなのを着て動き回れるの、先生くらいしかいないからな。おっさんたちはもう足腰ガタがきてるからね。納涼祭も秋の文化祭りも大好評だったぞ、先生」

今回はクリスマスバージョンだ！　と、赤いサンタ服を無理やり着せたつぶらな瞳のクマを押し付けられてしまう。

ふいに脳裏に、捨てるに捨てられないブサイクなクマもどきのぬいぐるみが過ぎった。村崎の部屋で一緒にお好み焼きを焼いて食べた日のことが、何だかとても昔のように感じられる。赤いサンタ服姿のクマを眺めながら、切ないため息が零《こぼ》れる。

「……会いたいな」

次に会っても、三田はもう村崎には笑いかけてくれないだろうか。万が一、あの言葉が本心だったとしたら、村崎はしばらく立ち直れないだろうなと思った。これまで自分に都合よく思い込もうとしていたけれど、それはただの願望であり、実際は三田の言葉や態度の通りだったのかもしれない。

人として好きだけれど、恋人として見ることはできない。ラブじゃなくてライク。

精神的に結構キツイ。考えれば考えるほど思考はどんどん悲観的になる。

「村崎先生」

突然、名前を呼ばれて、村崎はハッと現実に引き戻された。振り返ると、一人の女性が立っていた。

「……七海《ななみ》さん」

青葉塾長の愛娘、青葉七海だった。年は村崎より二つ下で、役所勤めの公務員だ。背中までの黒髪を一つに纏《まと》め、左肩から胸元までゆるく流している。人好きのする優しそうな目元が父親によく似た美人だ。すらりとした長い手足に、黒のスキニーパンツとゆったりとしたパステルカラーのニットを合わせていた。

　父親に借り出されるのか、こういうイベントではちょくちょく顔を合わせる。愛想がよく周囲の奥様方とも打ち解けていて、人付き合いが上手だなという印象だった。

　キグルミに足を突っ込み準備していた村崎を見て、七海が微笑んだ。

「今回も、クマクマちゃんの中に入るんですか？」

「そうなんですよ。何も聞いてなかったんですけど、どうも最初から俺がやることに決まっていたみたいで。七海さんは？　今年はサンタ服は着ないの？」

　去年は彼女がサンタ服、村崎がトナカイの角と鼻をつけて、子どもたちにお菓子を配って回ったのだった。

「私は、今年はバザーを手伝うことになっているんです。サンタ役は自治会の方がするみたいですよ。クマクマちゃんと一緒にお菓子を配るって」

「ああ、そういうことか。俺はトナカイがクマに変わっただけで、去年と同じなんですね」

「村崎先生は子どもの扱いが上手だからって、みなさん言ってましたよ」

「まあ、毎日相手をしていますから。けど、子どもはキグルミに容赦ないからなあ」

　くすくすと七海が笑う。笹本とはまた別のタイプの美人だが、少なくとも自分が彼女に対して恋愛感情を抱《いだ》くことはないだろうなと思った。

クマクマの中に入って外に出ると、案の定、目敏く見つけた子どもたちが嬉々《きき》として駆け寄って来た。

「はいはい、ちゃんと並んでー」

サンタ役のおじさんが袋からお菓子を取り出して子どもたちに配っている。その横で村崎は悪ガキどもからキックやパンチを食らう。視界がほとんど利かない上、どこからくるかわからない子どもたちの攻撃は避けようもなく、サンドバッグ状態だ。師走のこの寒い時期でも、キグルミの中はサウナのように暑かった。

サンタのおじさんの助けを借りて、ようやく子どもたちから解放される。ふらふらで今にも倒れそうだった。

「大丈夫か？　先生」

「……うっす。一回、休憩を挟んでいいですか」

「おう。クマクマが倒れたら大騒動だからな。水分補給をしてきてくれ」

「……いってきます」と、控え室のある会館を目指す。

と、その時だった。

視界の端に入ったフェンスの前、すっかり葉を落としたイチョウの木の陰から、見覚えのあるくるくるの癖毛がぴょんと飛び出したような気がしたのだ。

「先生、ビールでも飲むか。後で持って行ってやるよ。うちの母ちゃんたちがおでんを作ってるからそれも……あれ、先生？」

村崎は咄嗟に走った。会館とは逆方向のイチョウの木に向かって一直線に走る。

自分の体力も考えずに走ったので、距離は短くても息が切れて膝はがくがくしていた。

突然、キグルミが自分の方へ向かってドスドス走ってきたら、誰だって驚くだろう。

イチョウの木の陰から出てきた三田が、びくっと固まっていた。

本物だ。

村崎はキグルミの中から三田の姿を捉えて、息を呑んだ。つい最近、一緒に出かけた際に買ってやった赤いニットパーカーを羽織っていた。俺がやった服をわざわざ着て現れるなよと、未練がましい気持ちになる。そういうことをされるとまた勘違いしそうだ。

まさか、こんなところで会えるとは考えてもみなかった。何の連絡もないので、きっかけは作ってやったんだから、あとは自分で上手くやれということなのかと思っていた。

気になって、村崎の様子を見に来たのだろうか。

どう声をかければいいのだろう。下手に距離を詰めると、また逃げられてしまうかもしれない。無難に、七海の話題を持ち出すべきか。だが、村崎の今の状態では彼女と新たに恋愛なんかできそうにない。正直に伝えたら三田は何と言うだろうか。

躊躇《ためら》う村崎を、三田がほうと息をつきながら見つめてきた。

少し潤んだ琥珀色の瞳にドキッとする。

「く」三田が大きな目を丸くして呟いた。「クマクマさん……！」

村崎は拍子抜けした。そうか、三田はこの中に誰が入っているのか知らないのだ。村崎だと知っていたら、彼はどうしただろう。こんなふうに笑って真っ直ぐ向き合ってはくれないかもしれない。

三田はきらきらとした目でクマクマを見つめていた。

キグルミが好きなのだろう。そういえばドラッグストアのキグルミにも興味津々だった。

「……」

村崎はサンタのおじさんから預ったままの袋を開けた。赤いリボンのついたお菓子の袋を一つ取り出し、三田に差し出す。

「え」

三田が戸惑うようにお菓子と村崎を交互に見た。「僕、子どもじゃないですけど、もらってもいいんですか？」

「……」

村崎はこくこくと頷く。本物のサンタクロースのくせに、三田は子どもみたいにぱあっと顔を明るくした。

「ありがとうございます！」

「……」

きゅっと胸が詰まった。ああダメだ、やはり三田がかわいくて仕方ない。この小柄なサンタクロースを今すぐ抱き締めたいと思ってしまう。

村崎は欲求が抑えきれず、思わず手を伸ばしてふわふわ頭に触れた。

三田は少しびっくりしたようだが、笑っていた。恐る恐る頭を撫でる。猫っ毛のやわらかい手触りは直接伝わってこないが、三田の頭を撫でているのだと思うと嬉しさが込み上げてくる。

三田がくすぐったそうに首を竦めてみせた。

「……」

胸がぎゅっと引き絞られるみたいに苦しかった。ちょっと前までは、この笑顔を村崎に向けてくれていたのに。今は、クマクマ越しでしか見せてもらえないことが悲しかった。

――何で、俺のことを避けるんだ……。

心の中で問いかける。我慢できず、両手を伸ばして三田を抱き締めた。

「クマクマさん?」

三田が戸惑うような声を聞かせた。だが、逃げようとする気配はない。背伸びをした三田も嬉しそうに精一杯手を回して、村崎を抱き締めてくる。

クマクマに激しく嫉妬した。

三田を抱き締めながら、ふと思い出す。ドラッグストアのキグルミからもらった赤い風船は、どうなったのだろう。萎《しぼ》んでしまったのだろうか。それとも割れてしまったか。

三田から赤いハートをもらうのは自分だと、あの頃の村崎は自惚《うぬぼ》れていた。

彼の気持ちが少しずつ自分に寄り添ってきているのを、傍にいながら感じていた。自信もあった。

いつ、弾《はじ》けてしまったのだろう。

「クマクマさん……あの、ちょっとだけ、苦しいです」

「……！」

村崎はパッと両腕を上げて、三田から離れた。狭い視界にきょとんとした三田の顔を捉《とら》えて、何だか無性にむなしくなってきた。何をやっているんだ、俺は。

慌ててサンタの袋を担ぐ。「あ」と三田が声を上げたが、村崎は立ち止まることなく走って会館の中に駆け込んだ。

控え室に戻り、キグルミを脱ぎ捨てる。崩《くず》れるようにその場に座り込んだ。

心臓が切ないくらいに高鳴っていた。

汗でべとつく自分の手を見つめる。本当は直接この手であの頭を撫でたかった。三田を強く抱き締めたかった。

「……正体も明かせない根性ナシのくせに」

はあ、とため息をついて頭を抱える。

トントンと控え室のドアがノックされた。

村崎はハッと我に返る。

「はい、どうぞ」

「お疲れ様です」ドアが開き、遠慮がちに入って来たのは七海だった。「あの、これよかったらどうぞ。おなかすいているんじゃないかと思って。おでんとフランクフルトです」

「ああ、わざわざありがとうございます。うわ、美味そう」

「食べて下さい。お茶を淹《い》れますね」

七海がにこにことテーブルに容器を並べて、ペットボトルのお茶を紙コップにそそぐ。

「七海さん、時間ある？　よかったら、そこに座って。これ、おばちゃんたちにもらったクッキーだけど食べない？」

「いいんですか？　それじゃあ、いただきます」

しばらく世間話をしながら休憩し、それから彼女と連れ立って会館の外に出た。

寒いのに、相変わらずテントの周辺は活気づいている。

「あっ、村崎先生！」

なぜか拡声器越しにねじり鉢巻きを巻いたおじさんに名前を呼ばれた。「こっちこっち！今、福引きをやってんだよ。参加者全員が一回ずつ。先生も引いて」

「え、俺もですか」

「私もさっき引きましたよ。参加賞でしたけど」と七海に背中を押され、抽選器の前に立たされた。そういえばつい最近もこんなことがあったなと、一瞬だけ感傷に浸る。

村崎はレバーを回した。水色の玉が転がり出る。

鉢巻きのおじさんが「おおっ」と目を見開き、カランカランと甲高いベルを鳴らした。

「先生おめでとう！　二等、ビストロ『じゅごん』のお食事券、五千円分！」

「すごいじゃないですか、村崎先生！　くじ運がいいんですね」

――またお食事券。

村崎はどうもと苦笑いを浮かべながら、内心でため息をついた。ツイているんだかいないんだか、よくわからなくなる。

その時、ふわふわと、見覚えのある癖毛が視界の端を横切ったような気がしたのだ。

「すみません、ちょっとどいてもらえますか！　通して下さい！」

反射的に村崎は人垣を掻き分けて突進していた。無我夢中でくるくる頭を追いかける。

しかし、三田の姿はどこにも見当たらなかった。

「……っ」

ここで追いかけるのなら、クマクマの中に入っている時に捕まえておけばよかったのだ。正体を明かすなんてほんの数秒。逃げようとしたら、縋《すが》ってでも引きとめて話くらいはできたはずだ。みすみすそのチャンスを逃してしまった。こんなにダメな男だったかと、自分がほとほと嫌になる。

「村崎先生、どうかしたんですか」

後を追ってきた七海が心配そうに村崎を見つめていた。

「……いえ」村崎はかぶりを振る。「知り合いがいたように思えたんですけど、気のせいだったみたいです」

「先生、お食事券を忘れてるよ！」

鉢巻きのおじさんも追いかけてきた。渡された紅白の封筒を見つめて、村崎はああそういうことかと悟った。もしかしたら、三田はこのために今日ここに姿を現したのではないか。

「どうせなら、七海ちゃんと一緒に行ったら」と、おじさんが余計なお世話を焼いた。

「いえいえ。そんな私なんか……せっかく、村崎先生が当てたのに」

「先生だって一人で食事してもつまらないだろ。七海ちゃん、付き合ってあげてよ」

「うん、もしよかったら」

村崎の言葉に、七海が「え？」と驚いたように声を上げた。

「さっき、いろいろとごちそうになったし。よかったら、一緒にどうかな」

七海が嬉しそうに頷く。三田はこの様子をどこかから見守っているのだろうか。

これでいいんだよな——誰に問うわけでもなく、心の中で呟く。

村崎は三田への気持ちに終止符を打つ決心をした。

■7■

商店街の外れにあるビストロ『じゅごん』は、初めて訪れたがなかなか美味しかった。七海も満足したようで、終始にこにこと楽しそうにしていた。女性とデートするのは久々のことだったが、料理は堪能できたし会話も弾んで、村崎も楽しんだ。次に会う約束までしたのだから、上出来だろう。

一夜明けて、今日はもうイブだ。クリスマスまで残すところあと一日。

今のところ、三田の望み通りの展開になっているだろうか。明日が勝負。七海をクリスマスデートに誘おうと思ったら、彼女に先を越された。向こうから誘ってくれるということは、それなりに期待してもいいのだろう。

三田も今頃、きっと必死になって村崎と七海のことを応援しているに違いない。自分のクビがかかっているのだから当然だった。これでよかったのだ。案外、おさまるところにおさまって、村崎も後々このことを感謝する日が来るかもしれない。三田とナカイはまた来年も誰かの願いを叶えるために奮闘するのだろう。すべてが丸くおさまって、万々歳だ。

そんなふうに、ようやく心の整理がついた頃、三田から連絡が来たのだ。

携帯電話の画面に知らない番号が表示されて、誰かと思ったら三田だった。

――今夜、会えませんか。お渡ししたい物があります。

機械のような感情を削《けず》り取った声に、村崎は思わず苦笑を漏らすしかなかった。そうか、こんな連絡方法に切り替えたのか。以前の三田なら、村崎に何か話したいことがあったら、職場でもどこでも直接会いに来たのに。

これが三田と会う最後の機会になるかもしれないなと思う。どうせなら、もうこのまま会わずに別れた方が村崎の気持ちも揺れる心配がなくてよかったのだが、三田は三田でこれが仕事なのだから仕方ない。

時間を指定して、アパートで待ち合わせることにした。

仕事を終えて帰宅し、村崎は腕時計を確認する。約束の時間よりも早くついてしまった。

２０１号室も２０２号室も共に真っ暗だった。お隣の表札は出たままになっていたので、引っ越しはしていないのだろう。

階段は上らず、下で待つ。手すりにもたれるようにして立っていると、階上から誰かの話し声が聞こえてきた。電話中のようだ。

「――はい。では、明日」

無愛想にそう言って、電話を終えた人物が階段を下りてきた。カンカンカンと革靴の底が錆びた階段を鳴らす。

「へえ、あっちの人もケータイなんて持ってるんだ？」

皮肉を込めて言うと、スーツの男がぎょっとしたように立ち止まった。

「……びっくりするじゃないですか」

ナカイが眼鏡を押し上げて、ギロッと村崎を睨みつけてきた。

「こんなところで盗み聞きですか。いいご趣味をお持ちですね」

「俺の方が先にここにいたんだよ。そっちが勝手に喋《しゃべ》りながら下りてきたんだろうが」

「今、ご帰宅ですか。おかえりなさい」

「そっちはおでかけですか」

「ええ」ナカイが淡々と答える。「一応、お借りしている部屋なので、念のために様子を見に来たんです。これからすぐに支部に戻ります。村崎さんはどうしてこんなところに？　寒いでしょう、部屋に入らないのですか」

「待ち合わせだよ。誰かさんが三田に俺のケータイの番号を教えたみたいでね。俺、アンタにも連絡先を教えた覚えはないんだけど。まさかあいつに電話で呼び出されるとは思わなかった。そんな物を持ってることすら知らなかったし」

ナカイが僅かに考えるような間をあけて、「ああ」と言った。

「私がお渡ししたんですよ。機械オンチの聖夜様に操作を教えるのは一苦労でしたが。それにしても、こんな時間に待ち合わせとは感心しませんね。会うなら昼間にするよう、あれほど注意したのに」

ナカイがため息をついた。村崎は顔をしかめて、声を低める。

「……アンタ、あいつに何を言ったんだ」

「何を、とは？」

無言で睨み合ったその時、往来からアパートの敷地に駆け込んでくる人影があった。

「す、すみません。遅くなりました」

はあはあと息せき切って寄って来るのは三田だ。遅刻しそうになって焦ったのだろう。わざと淡々と話す声とは違って、ちゃんと温度がある。なんだか久しぶりに彼らしい一面を見たような気がして、村崎は胸が詰まるような気持ちになった。

そこにいるのが村崎だけではないことに気づき、三田が不思議そうに目を瞬かせた。

「あれ、ナカイくん？　どうしてここに……」

「部屋の様子を見に来たんです。聖夜様こそ、こんな時間に何をなさっているんです」

咎《とが》めるようなナカイの言葉に、三田は少々狼狽《うろた》えるような間を挟んで「アレができたから村崎さんに渡そうと思って」と答えた。

「……そうでしたか。それなら私も傍にいましょうか」

「ううん、大丈夫」三田がかぶりを振った。「ナカイくんは自分の仕事をして。これから支部に戻るんでしょう？」

「申し訳ありません。トナカイも今が一番忙しい時期なもので」

「うん、そうだよね。僕もすぐ戻るから、気をつけて」

ナカイは何か物言いたげな目をちらっと村崎に投げて、すぐに三田を見つめる。「聖夜様こそ、お気をつけ下さい。では、また後ほど」一礼して、忙しく去って行った。

二人きりになり、気まずい沈黙が落ちた。

しばらく声もなく、二人分の白い息だけが暗闇の中に溶けて消える。

「村崎さん」三田がゆっくりと口を開いた。「急に呼び出してすみませんでした」

またあの機械のような声に戻っていた。

やり切れない思いを押し殺し、どうにかやり過す。

「……別に、気にしなくていい」

三田が一瞬、黙り込んだ。

「青葉七海さんとは、上手くいってますか」

「おかげさまで」

村崎は用意しておいた話を繕った声でなぞる。「昨日、一緒に食事に行ったんだ。今までは顔見知り程度で、正直あまり意識したことはなかったんだけど、かわいい人でさ。会話も思った以上に弾んで楽しかったし、案外、俺たち相性がいいのかもしれないな」

「そ」三田の声に僅かな抑揚が生じた。「そうですか。よかったです」

「そうそう、明日のクリスマスも会う約束をしているんだ」

「……」

「ゴスペルのコンサートに誘われたんだよ。職場の人からチケットをもらったらしい。よかったら一緒にどうですかって、彼女の方から誘ってくれた。俺も明日からちょうど冬期講習用に時間割りが変更になるし、夜は早く上がれるんだよ。すごいだろ、クリスマスデートだぞ。順調に行けばたぶん、彼女と付き合うことになると思う」

「――す」三田が言った。「すごいです、村崎さん！」

張り上げた声の割には、なぜか俯いたまま目を見て話そうとしない。「ぼ、僕が何もしなくても、村崎さんの力だけで願いが叶いそうです。結局、僕の力なんて何の役にも立ちませんでした。こんなの、サンタクロースに願いを叶えてもらう意味がないですよね」

何を今更と、村崎は心の中で思う。最初から失敗ばかりで、本当のことを言うと、三田に期待なんかまったくしていなかったのだ。それでも村崎のために一生懸命頑張る健気な姿がかわいくて、いつの間にか傍にいることが当たり前になっていた三田のことを好きになってしまった。

サンタクロースのくせに、一番叶えて欲しい願いは叶えてくれない。エリートの赤星サンタといっても、やっぱり三田は三田だ。

「でもさ」村崎はすっかり見慣れたくるくる頭に目を細めて言った。「バザーの福引きでお食事券が当たらなかったら、昨日のデートは実現してなかっただろうな。明日のクリスマスもどうなっていたかわからない。あの日、お前もバザー会場にいただろ」

「――！」

俯いていた三田が顔を跳ね上げた。大きな目が「何で」と動揺している。

「お前、本当に魔法の腕が上がったんじゃないか？　運だけで二度も続けてお食事券が当たるなんて、なかなかないぞ。特訓、頑張ったんだろ。ちゃんと成果が出てるじゃないか」

「……っ」

「おかげで彼女と上手くいきそうだよ。ありがとうな」

皮肉を込めたつもりは一切無い。三田の努力を無駄にするわけにはいかないと思った。あとは上手くやるから大丈夫。安心してくれ。絶対にお前の大事な赤星バッジは外させない。

「……村崎さん」

三田がおもむろに上着のポケットから何かを取り出した。「これを受け取って下さい」

「何だよ」

言いながら、薄々は気づいていた。先ほど三田とナカイとの会話に出てきた『アレ』とやらだろう。中身はよくわからなかった。昔、理科室の薬品棚で見かけたような茶色の小瓶。

警戒していると、三田が無言で村崎の手を取ってそれを握らせてきた。この寒いのに、三田の手のひらは少し汗ばんでいる。体温に触れるとぐっと込み上げてくるものがあった。揺らぎそうな心を懸命に押し留める。

「惚れ薬です」

「え？」

三田がまっすぐに村崎を見つめて言った。「僕が作りました。でも師匠のもとに通って作ったので、効果は保証します」

「――おい。ちょっと待て」村崎は信じられない気持ちで三田を見つめ返す。「こんなものはいらない。そんなことしなくても大丈夫だ」

「使い方はラベルに書いてあります。これで確実に彼女を恋人にして下さい。村崎さん自身も使用可能です。そうすれば、二人の愛はより強固なものになるはずです。明日のクリスマスは、村崎さんにより幸せでいてもらうために……」

「やめろよ！」

村崎は耐え切れずに三田の手を振り払った。咄嗟のことで反応が遅れたのか、ふらふらとよろめいた三田がぺたんとその場に尻餅《しりもち》をつく。

「顔を見せずに何をしているのかと思えば、こんな物を作ってたのか」

びっくりしたように目を見開いた三田が、地面から村崎を見上げている。

「今まで我慢してたけど、ちょっとこれはヒドイだろ。俺にまで薬を使えって？　何だよ、そんなに俺の気持ちが迷惑だったたか。もう面倒だから、この薬の力でさっさとお前のことは忘れろって言いたいのかよ」

忘れるためにこっちも必死なのだ。それなのに、こんなトドメをさすようなことをしなくてもいいじゃないか！

発作的に瓶を握り締めた手を大きく振りかぶった。

ハッとした三田がすぐさま飛び起きて、「ダメです、捨てないで下さい！」と、村崎に抱きついてくる。

「お願いです！　僕たちのためにも、村崎さんの願いは確実に成就させて欲しいんです」

「何なんだよお前……ホント、腹の立つサンタだな。クソッ……こんなことになるなら好きにならなきゃよかった」

泣きたくなった。村崎の腰にしがみついていた三田がびくっと震える。

「……っ、ごめんなさい」

何かに耐えるように、低い声で言った。「でも、僕は僕のすべきことをやるだけです。人間の心はいつどういったきっかけで変化するかわかりません。過去にもそういう事例があったので、今回も念に念を重ねての判断です。もし、七海さんが突然心変わりをしてしまったら困るんです。村崎さんには確実に幸せになってもらわないと、僕たちも最後まで安心できません。だから、これを使って下さい。どうかお願いします！」

三田に懇願された。

村崎は奥歯を嚙み締める。本当にずるいヤツだ。村崎が三田からそんなふうに頼まれたら断れないとわかって言っているのだろうか。こいつにとって村崎のことは、あくまで赤星サンタと願いを叶える対象者にすぎないのだなと、改めて思い知らされた。

「……わかったよ」

三田が顔を跳ね上げた。「本当ですか」

「ああ、やるよ。やりゃいいんだろ。それがお前の望みなんだから」

「僕の、望み……？」と、三田が戸惑いがちに繰り返す。

「これが、お前が考える『俺たちみんなが幸せになる方法』なんだろ？　明日は最後まで責任を持って、俺たちのことを見守ってくれよな。もう、直接顔を合わせる機会がないかもしれないから、先に言っとく。今まで世話になったな」

「……こちらこそ、いろいろとお世話になりました。短い間でしたけど、村崎さんと出会えてよかったです」

本当にこれを最後の別れの挨拶にするつもりなのか、三田が深々と頭を下げて寄越した。

「僕が作ったぬいぐるみを、村崎さんが今も持っていてくれたこと、嬉しかったです」

嫌になるな、こいつ——村崎は弛みそうになった涙腺を堪えるために、深く吸った息を吐き出す。何で今このタイミングで、その話を持ち出すのだろう。

「……運命じゃなかったのかよ」

「え？」

「俺はお前のこと、運命の相手だって思ってたよ」

「……」

「まあ、完全な一方通行だったけどな」

村崎は茶色の小瓶をコートのポケットにおさめた。俯く三田のくるくる頭にそっと手を乗せる。びくっと三田が震える。村崎は構わず撫でた。触り納めだ。

あまりにも三田が動かないので、村崎は心配になって声をかけた。

「三田？」

俯いた顔を覗き込もうとして、思わず息を呑む。

三田の大きな目にふっくらとした涙が盛り上がっていた。縁にかろうじてへばりついている水滴は、瞬きをすればすぐにも零れ落ちるだろう。三田はじっと目を見開き、涙を零さないよう必死に耐えているみたいだった。

村崎は混乱した。

「何で、お前が泣いているんだ」

ハッと我に返った三田が、村崎の手を振り払って急いで目元を拭う。

「な、何でも…っ、ありません。ふ…ぅっ、め、目に、ゴミが入っただけ、です」

どうしてそんなわかりやすい嘘をつくんだ。村崎は払われたばかりの手で強引に三田の肩を摑んだ。

「三田、何があった。もういいだろ、ちゃんと話せ。一人で泣くな」

「泣いてないです！」三田が叫ぶ。「何もありません。僕のことは気にしないで下さい」

「気にしないでって、気にするに決まってるだろうが！」

「僕のことは、村崎さんには何の関係もありません！」

ぴしゃりと言い返された途端、村崎は押し黙る他なかった。もう、心配すらさせてもらえないのか。力の抜けた村崎の手を、三田が自分の肩からさりげなく外す。

「それでは、僕はこれで失礼します。……明日のデート、頑張って下さい」

他人行儀に一礼して、三田は踵を返す。

茫然《ぼうぜん》と佇む村崎を一度も振り返ることなく、夜の闇の中に消えて行った。


どうしても確かめておきたいことがあった。

「――本当に、人を驚かせることが好きな方ですね。それとも私のことが好きなのですか」

気配をまったく感じさせずに姿を現した黒スーツの男は、村崎を見るなり聞こえよがしのため息をついた。

村崎もフンと鼻を鳴らす。

「冗談はそのメガネだけにしろよ」

「おや。結構気に入っているのですが」

ナカイがふむと不満そうに眼鏡を押し上げた。「で、どうしてここが？」

「昨日、あんたが電話で話しているのを聞いたから。ここで待っていれば会えると思ったんだよ。こんな薄暗い場所で誰と待ち合わせをしてるんだ」

「……少なくともあなたじゃないことは確かですね」

ナカイは面倒そうに嘆息する。「ところで村崎さん、あなた今日は青葉七海とデートのはずでしょう。早く行かないと彼女を待たせることになりますよ。せっかくのクリスマスに女性を怒らせてどうするんですか。紳士として失格です」

「そんなことよりあんたに聞きたいことがある」

「そんなこと？」と、ナカイが声を低めた。

「あなたの恋愛成就に聖夜様のクビがかかっているのですよ？　真面目《まじめ》にやっていただかないと困ります」

「こっちも困ってるんだよ！」

もうまどろっこしいやり取りに我慢できず、村崎は声を張り上げた。「昨日、三田が泣いていた。何であいつが泣くのか、俺にはまったく意味がわからない。理由を聞いても目にゴミが入ったとかウソばっかりついていて、真面目に答えようとしないし」

「答えたくないから答えないのでしょう。考えすぎなのではないですか？　案外、本当にゴミが入っただけかもしれませんよ」

「そんなわけないだろ」

村崎は吐き捨てるように言って、ナカイを睨みつけた。「一体、何があったんだ。一番おかしいのは、一晩で急にあいつの態度が変わったことだ。俺の帰りが遅くなって、三田が一人でアパートに戻ったあの日——部屋には、あんたもいただろ。あの晩、何があった。あんたなら知ってるはずだ」

一瞬、沈黙が落ちた。

ナカイがはあと息をつく。やれやれと面倒そうに頭を振った。

「本来なら『恋人が欲しい』、『異性にモテたい』という類《たぐい》の願いは、比較的簡単に叶えられるものなんですよ。それこそ、昨日あなたが聖夜様から渡された薬を使えば一発です。大抵の赤星サンタにとっては朝飯前の願い事なので、村崎さんのような対象者は実は好まれるんです。ですから今回、聖夜様があなたを引き当て、あなたが願いを口にした瞬間、私は心の中でスキップしながら万歳三唱で大喜びをしていたのですが……」

ちらっと村崎を見て、わざとらしいため息をつく。「まさか、こんな厄介なことになるとは想像もしていませんでしたね。サンタクロースを誑《たぶら》かす対象者なんて、聞いたこともない」

「……別に、誑かしたつもりはない。人聞きの悪いことを言うな」

「聖夜様は純粋ですからね。その分、騙《だま》されやすい。そして一つのことに夢中になると、他のことが頭から抜け落ちてしまうという、おっちょこちょいな部分もあります。今回も大切なルールを忘れておられたんですよ。大体、彼があなたとずっと一緒にいることなんて不可能なのですから」

「ちょっと待て」村崎は咄嗟に詰め寄った。「今の、どういう意味だよ」

ナカイが一瞬、しまったという顔をしてみせた。チッと舌を打つ。

「村崎さん、冷静になって下さい。いいですか、今日の出来次第で私たち三人の運命が決まるのです。聖夜様のことを思うなら、今すぐに青葉七海のところへ行って下さい」

「その必要はない。彼女にはきちんと断ってきた」

「は？」ナカイが初めて動揺した。「断ったって、正気ですか？　あなたは一体何をしているんです、馬鹿ですか！」

「そうだよ、バカだよ。大バカだよ！　認めるから、今の話を詳しく話せ。どういうことだよ、俺と三田は一緒にいられないって。何でだ。三田は？　あいつは今どこにいるんだ！」

思わずナカイの胸倉を摑み、力任せに揺さぶった。

ぎょっとしたナカイが狼狽える。「ちょ、ちょっと、村崎さ…っ、や、やめなさい、く、苦ちぃ……っ」

「さっさと話せ！　なあ、俺があいつにフラれたことと関係あるのかよ！　あいつが泣いていた理由は？　黙ってないで早く説明しろ！」

「い、イタタタッ、ははは離しなさいいいしし舌を噛むじゃないですかあああ」

「何だ、随分とおもしろいことになっているようだな」

ナカイをガクガク揺さぶっていると、ふいに背後から別の声が割り込んできた。

「――！」

手を止めて振り返る。

ひとけのない薄暗い路地裏。目を凝らした途端、ふっとそこに一際濃い闇《やみ》が生まれた。

それが真っ黒なロングコートを纏《まと》った長身の男だとわかったのは、彼が足音も立てずに数メートル先まで近付いて来た時だった。村崎はハッとする。いつかの夜に、アパートの外廊下で三田と話していたあの男だ。

ずれた眼鏡を掛け直したナカイが「あ！」と、焦ったような声を上げた。ちらっとナカイを一瞥《いちべつ》したその男は、すぐに視線を戻して村崎を真っ直《す》ぐに見据える。

ばっさと漆黒のコートを翻し、滑るような足取りで歩み寄ってくるフェロモン男。

思わず腰が引けてしまった村崎を見つめて、彼はニヤリと肉感的な唇を釣り上げた。

「お前が知りたがっていることを、俺がそいつの替わりに教えてやろうじゃないか」

8

三田は時計を見る。

七時三十二分。

さっき確認してからまだ一分しか経《た》っていない。

コンサートは六時半開演のはずだ。調べたので間違いない。まだ公演の真っ最中。あと一時間は二人とも会場から出てこないだろう。

「……もう少し、ここにいようかな」

荷物を運び出し、綺麗に掃除したあとの部屋は、がらんとしていて物寂しかった。

一ヶ月ほど世話になったこの場所とも、今日でお別れだ。

毎年、二十五日はぎりぎりまで対象者の願いを成就させるため奮闘しているせいか、こんなに時間に余裕があるのは初めてだった。

村崎に無事惚れ薬を渡すことができたので、後はその効果を待つだけだ。

きっと、彼が上手くやってくれるだろう。

本当を言うとそれも含めて三田の仕事なのだけれど、今回は下手にでしゃばらない方が賢明だと思えた。

村崎と顔を合わせてしまったら、今まで必死で繕ってきた自分の意思が揺らいでしまうかもしれない。薬を投入する寸前になって、迷いが生じてしまうかもしれない。そんなことではダメなのだ。

最後に遠くから二人が仲良く寄り添っている姿を見届けて、終わりにしよう。

今年こそ『願い』の成就が認められて、三田の黒星続きの業績に初白星がつくだろう。

そうなれば、この赤星バッジを返上しなくていい。また来年もナカイと組んで赤星サンタとして活動できる。

七時四十五分。

赤服の正装に着替えて、三田は六畳間にちょこんと正座をしてその時を待っていた。

もうそろそろすると、黄星サンタたちがトナカイの引くソリに乗って忙しく空を飛び回り始める。早めにここを出た方がいいかもしれない。

急用が入ったと一旦出かけたナカイが迎えに戻って来るはずだが、もうこっちに向かっているだろうか。

ふと思い立って、三田はベランダに出た。

びゅうっと冷たい風が吹きつける。寒いとは思わなかった。ソリに乗っている時の方がもっと寒い。地上はむしろ暖かいと思う。

紺色の夜空を仰いでも、あまり星は見えなくて、少しがっかりした。

――三田。

ふと、呼ばれたような気がした。

咄嗟に手すりから身を乗り出し、隣のベランダを覗き込む。そして、すぐに落胆した。

お隣は真っ暗だった。

当たり前だ。村崎は七海とコンサートホールにいるのだから。

三田はのろのろと体を引っ込める。

何を期待してしまったのだろう。村崎が七海との恋人関係を成立させないと、困るのは自分なのに。ほんの少しだけ、もしかしてお隣に明かりが点《つ》いているんじゃないかと考えてしまった。何て身勝手な妄想をするのだろうか。自分がほとほと嫌になる。

――やりゃいいんだろ。それがお前の望みなんだから。

村崎の声が脳裏に蘇った。

「僕の、望み……」

呟いて、三田はごそごそと赤服のポケットをあさる。大事にしまってあったのは、とっくに萎んでしまった赤い風船。

――昨日の赤い風船みたいに、お前が俺にハートを飛ばせばいいんだよ。

本当の三田の望みは、正にそれだった。

ハートを村崎に届けること。

好きだと言ってくれた村崎に、自分も同じ気持ちだと伝えること。

けれど、たとえ伝えたとしても、明日になれば村崎は三田のことを忘れてしまう。

村崎の三田への想いは幻になって、消えてしまうのだ。

それは絶対の規則で、今更三田がどうあがいたって変わるものではない。

午前零時をもって、村崎の記憶から三田は消去される。

――こんなことになるなら好きにならなきゃよかった。

村崎にそう言われた瞬間、心臓を鋭い槍で一突きにされたような気分だった。

けれども、かつては三田も同じことを思ったのだ。村崎を好きにならなければ、こんなに辛《つら》くなることはなかったかもしれない。しかし、彼を好きになったからこそ、幸せだと感じられる思い出もいっぱいある。三田はそれを心の支えにして、村崎と七海の恋を成就させることに決めた。

これから二人の恋の結末を見届けなければいけない。

最後の仕事だ。いつもお前は詰めが甘いのだと散々注意を受けてきた三田だが、今回はそんなことはないだろう。どの段階で惚れ薬を使うのかは村崎に任せているが、きっと、コンサートホールから出てきた二人は楽しそうに笑い合って、寄り添っているに違いなかった。

「……っ、イタッ」

胸を何か尖った物で突き刺されたような痛みを覚える。咄嗟に服の上から押さえた。

以前は村崎のことを想うとここがドキドキしたのに、最近はぎゅっと引き絞られたみたいに苦しくなる。

村崎の記憶から三田が完全に消えるまで、あと数時間。どうせならサンタクロース側の記憶も一緒に消してくれればいいのに。そうすれば三田は、明日も何事もなかったかのように笑っていられるだろう。サンタだけ記憶が残るなんて残酷だ。

ぐすっと鼻を啜《すす》り上げた時だった。

ドンドンとドアを叩く音がした。

「あ」三田は慌てて目元を擦って部屋に戻る。「ナカイくんだ」

彼が戻ってきたのだろう。三田は畳の上に置いてあった赤い三角帽を被って玄関に急ぐ。

外からガチャガチャとドアノブを回す音がする。

「ごめん、ナカイくん！　鍵《かぎ》をかけたままだった。今、開けるから。ちょっと待って……」

鍵を開けてノブを回した。と次の瞬間、外から乱暴にドアが開かれる。

「三田！」

「――！」

何が起きたのかわからなかった。

まるで嵐のようだった。いきなり飛び込んできた影が、三田を強引に攫《さら》うみたいにして両腕できつく抱き締めてきたのだ。

驚いた三田は大きく目を瞠り、息を呑む。この匂《にお》い——まるで獣のように嗅覚が真っ先に反応した。だけど、俄に信じられない。

「よかった、ちゃんとここにいて」

ぎゅうっと三田を抱き竦め、息を弾ませながら村崎は言った。「俺が着く前に、またどこかに行ってしまったらどうしようかと思った。ヤバイ、久しぶりに全力疾走して、足がガクガクだ。心臓も止まりそう……」

ハハッと笑って、耳元ではあと長い息をつく。三田はぶるりと震えた。わけがわからなかった。相手は、今この時間、こんなところにいるはずのない人だ。いてはいけないのだ。デートはどうなっているのだろう。

混乱する三田を抱き締めて、村崎が切ないほどに掠《かす》れさせた声で言った。

「三田、会いたかった」

「……」

「やっぱり、俺にはダメだ。お前がいるのに、他の誰かを好きになるなんてできないよ。せっかくいろいろ頑張ってくれたのに、ごめんな」

「……っ」

止まったはずの涙が、みるみるうちに溢れ出てきた。

「……ひ、へぐっ……な、七海さんは……っ」

「断ったよ。お前のクビがかかっていることはわかっているけど、これ以上自分に嘘をつくのは無理だ。だからあの薬も使っていない。使いたくなかったんだ。三田を好きな俺の気持ちをなかったことにしたくない」

胸が苦しい。キリキリやズキズキではなく、キュンッと熱の塊に押し潰《つぶ》されるような痛みだった。喉もとにも熱いものが込み上げてきて、息をするのもままならない。

――もう、十分だ。

目をぎゅっと瞑《つぶ》り、盛り上がった涙を摺《す》り切る。三田は濡れてぐしゃぐしゃの顔を伏せたまま、かぶりを振った。

「三田?」

「……時間がありません」

「時間?」と、村崎が繰り返す。

「僕は、村崎さんとずっと一緒にはいられません。いつも村崎さんの傍にいてくれる人と幸せになって下さい。僕は、本当に村崎さんに幸せになってもらいたくて……」

「そういうのは、幸せって言わない」

村崎が強い語調で三田の声を遮った。「俺の幸せは俺が自分で決める。お前が決めることじゃない。俺は、お前と最後まで一緒にいたいと思ったからここに来たんだ。たとえ、今日が終わって、お前の記憶が俺の中から消えてしまうとしても」

「――！」

三田は顔を跳ね上げた。「どうして、そのことを村崎さんが知っているんですか」

「さっき、ナカイと師匠から話を聞いた」と、村崎は答えた。「クリスマスを過ぎれば、俺はお前たちに関する記憶の一切を消されてしまうんだってな。そのことをお前がうっかり忘れていたらしいってことも聞いた。だからあの晩、ナカイに言われて思い出したんだな。お前の態度が急変したのにも納得がいったよ。まったく、何でそんな大切なことを忘れるかな、お前は」

「……っ、ごめんなさい」

「大事なことが頭から抜け落ちてしまうくらい、何か浮かれるようなことがあったのか？」

問われて、三田は思わず押し黙る。心臓がドキドキと高鳴り出した。体中の血液の流れが急激に速くなったような気がして、手足がじんじんと熱くなる。胸の底に押し込めてぎゅっと凍結させせた感情の塊が、一気に解凍されて喉奥まで迫り上がってくる。

「む」もう三田も嘘をつくことはできない。「村崎さんです。村崎さんと一緒にいるとすごく楽しくて、ドキドキしました。僕はずっと浮かれていたんです。だから、ナカイくんに忠告された時、とても後悔したんです。村崎さんのことを、僕はもう好きになってしまっていたから」

村崎が息を呑んだ。「そっか」と呟いて、三田の頭を抱き寄せる。赤帽子が脱げて、くるくるの癖毛が視界の端をちらついた。

「一人でいっぱい悩んだんだな。ごめんな」

村崎が三田の頭を優しく撫でる。

「何も知らないくせに、お前を責めるようなことばかり言って。お前の人が変わったような冷たい言葉も行動も、全部俺の幸せを考えてくれてのことだったのに」

ふいに涙腺《るいせん》が決壊した。堪えていた涙と言葉がぼろぼろと溢れ出す。

「……ふえっ、ぼ、僕も……せっかく、好きって言ってもらったのに、すごく嬉しかったのに、ひ、ひどいことを言いました……うえっく、ご、ごめんなさい……っ」

「そうか、よかった。嬉しかったのか。嫌われたのかと思って、物凄く落ち込んだのに」

「ごめ……なさい……っ」

「謝るなよ。俺は今もずっと三田のことが大好きだ。考えなしに動いてはヘマしてばかりだけど、一生懸命に頑張るお前がかわいくて好きだよ。俺さ、お前に初めて会った日に、変な占い師から『近々運命の相手に出会う』って予言されたんだよ。そんなわけないってバカにしてたけど、今思うとあれは当たってたんだ。運命の相手は三田だったんだな」

村崎のコートにシミができてしまうくらい、三田は大粒の涙を零して泣いた。「そんなに泣くと目が溶けるぞ」と、村崎が困ったように笑う。

「……ぼ、僕も、村崎さんのことが好きです。村崎さんが僕のことを想ってくれている以上に、好きなんです」

村崎が軽く目を瞠った。

「それはどうだろうな」

「え？」

「俺の気持ちの方が勝ってると思うぞ」

「……ぼ、僕の方がもっと大きいです」

「んー、じゃあ引き分けにしておくか？」

「は、はい！　そうしましょう」

「まったく」村崎が嬉しそうに顔を綻《ほころ》ばせる。「鼻水垂らしててもかわいいな、このヤロー」

頬を両手で捏《こ》ねるようにして包まれた。

「ずっと思ってたんだけど、何でまたそんなかわいい恰好してるんだよ」

「あ、これは。これから村崎さんの願いが成就するところを見届けようと思って、正装して準備をしていたところで……」

「じゃあ、ちゃんと見届けないとな」

軽く顔を持ち上げられた。間近で目が合って、村崎が嬉しそうに微笑む。

「俺の幸せはここにある。願いはちゃんと叶えてもらった。俺が認めてやるよ、お前は立派な赤星サンタだ。俺の大好きな三田だ。こんなに誰かを好きになったことはない。だから俺

は、お前のことを絶対に忘れないよ」

また泣き出しそうになって、三田はきゅっと唇をすぼめる。目尻を下げた村崎が「誘ってんのか、かわいいヤツめ」と、咬《か》みつくようにしてそこに自分の唇を重ねた。


キスをするのは二度目だった。

どちらも村崎が相手だ。三田は村崎の少し厚めで弾力のある柔らかい唇しか知らない。

一度目はただただびっくりして茫然となってしまったけれど、二度目は初心者なりに必死についていこうと頑張った。だが、村崎の舌はぐねぐねとまるでそれ自体が一個体のイキモノであるかのように動き回って、三田はあっという間に腰が砕けそうになる。

「……はふっ……んむ……ぁんんっ」

舌を根元から搦《から》め捕りきつく吸い上げられると、脳髄《のうずい》までびりっと甘い痺《しび》れが走った。口の中をこんなにも舐められて、気持ちよくなってしまう自分はどこかおかしいのだろうか。

血流が急激に早くなり、ドッと下半身に熱が溜まっていくような気がした。

赤ズボンはわりとゆったりめな作りのはずなのに、首を擡《もた》げた中心が布地を押し上げているのがわかる。敏感な先端が擦《こす》れる感覚にびくっと身震いしてしまう。

目をとろんとさせて、ハアハアと湿っぽい息を吐き出していると、村崎にゆっくりと押し倒された。

片付けた後の六畳間には布団も何もない。村崎が脱いだコートを毛羽立った畳の上に敷き、その上に三田を横たわらせる。

「……っ」

耳朶《じだ》を甘噛みされて、びくっと首を反らした。顔を横に倒した拍子に、コートから少し冷えた夜の匂いともう一つ別のものが立ち上ってくる。

村崎の匂いだ。

三田はハアハアしながら思いっきりそれを吸い込んだ。

膨らんだ肺に村崎が溜まっていく。その感覚が堪らなく心地いい。ずっと近付くこともままならず、彼を遠ざけることで冷静になれと言い聞かせてきた。

でも、もう嘘をつきたくない。

村崎と触れ合えるのが幸せで、体中が悦《よろこ》びに震えている。もっともっとすみずみまで村崎と肌を合わせ触れてみたい。

村崎も三田の匂いを嗅ぐみたいに首筋に鼻先を押し付けていた。

唇も這《は》わせ、舌で舐められるとくすぐったくなる。しかし、いきなり強く吸われた途端、びりっと微弱な電流が走り、三田はくんと伸び上がって爪先を丸めた。

赤服のボタンを外されて、肌が明るい電灯の下に晒《さら》される。

「綺麗な色だな。思わずむしゃぶりつきたいくらいかわいい」

村崎に舌の先や全体を使って胸の小さな尖りを執拗《しつよう》に舐め回される。くすぐられたりつつかれたり押し潰されたり歯で挟んで引っ張られたり。こんな単なる飾りみたいなところをいじられて、むずむずしてしまうのが恥ずかしかった。唇を噛み締めていたが、とうとう声が堪えきれなくなる。

脇腹を撫で回していた手がするりとズボンの中に潜り込んだ。

指先が触れて、三田は思わず内腿にぎゅっと力を入れる。

「あっ」

どうしたのか、ふいに村崎が手を止めた。

「……この下、何も穿《は》いてないのか」

「?」三田は首を傾げる。「はい。サンタの衣装の下は、基本的には何も着けません」

村崎がごくりと喉を鳴らした。「本物のエロサンタさんだな」

にやりと唇を引き上げたかと思うと、ズボンの中の手が再びごそごそと動き出す。

硬く反り返った中心を、村崎に捕らわれた。

他人の手でそこを触られるのは初めてのことで、握られただけで甘い疼《うず》きが体中を駆け巡る。

大きな手のひらに包まれたまま、そこを上下に擦られると目の前に閃光《せんこう》が散った。自分の手でする時とは桁違いの快感が体の奥から迫り上がってくる。

「あっ、あ、あ……ああっ」

数回扱《しご》かれただけで我慢の限界を超え、三田は腰を突き上げるようにして吐精した。

村崎がずるりとズボンの中から手を引き抜く。

「……いっぱい出たな」

三田の精を受け止めた村崎の手はべっとりと白濁が付着していた。まだ呼吸が落ち着かない三田は、カアッと羞恥《しゅうち》に顔を熱くする。急いで手を拭こうと思ったが、そういえばティッシュボックスも送り出した段ボールの中だ。

「こ」三田は首を捻って手を伸ばす。「これで拭いて下さい」

落ちていた赤帽子を引き寄せ差し出した。

しかし村崎は「ヤダよ」と断り、赤帽を綺麗な方の手でつまんでぽいっと床に投げる。

「もったいない。三田の一番美味しいエキスなのに」

そんな意味不明のことを言って、あろうことかぺろりと赤い舌で白濁を舐め取ってしまった。三田はびっくりして目を瞠る。あれが美味しいわけがない。三田も前に一度、村崎のものを舐めたことがあるのでよく知っていた。

「だ、ダメです。早く吐き出して」

「何で？　美味しいよ。三田の濃い味がする……」

赤い舌を手首に這わせる村崎は壮絶にエロかった。

「む」三田のことをエロサンタと言うけれど、村崎の方こそエロパープルだ。

三田は赤くなっているだろう顔を隠すようにして呟く。「村崎さん、何だかすごくいやらしいです」

「これくらいでそんなこと言われてもなあ」

村崎が困ったように笑う。「これから、もっとすごいことをするつもりなのに」

「え？　――あ」

訊き返した途端、三田はなぜか両脚を高く掲げられてしまった。下半身から赤ズボンが引き抜かれ、達したばかりの股間《こかん》が露《あら》わになる。

浮いた背の下に村崎が自分の膝を滑り込ませて、三田の膝裏を摑んだ。ぐっと大きく割り開く。

前も後ろもすべてが村崎の眼前に晒された。

「やっ、村崎さん、ま、待って下さい、この恰好はヤ……ひいっ」

三田は息を呑んだ。身を捩《よじ》ろうとした瞬間、後ろの窄まりに村崎が舌を這わせてきたからだ。

「あっ、なんで、そんなところ……はンっ」

「ここで俺と三田がつながるからだよ。嫌か？」

嫌かと訊かれてもよくわからない。村崎とつながるという意味が正直よく理解できていなかった。まさかと妄想が膨らむ。

「そ、そんなところで……？」

女性との行為なら、以前に元相棒からどうやるのか教えてもらったことがある。だが、男同士の予備知識は皆無だ。てっきりお互いを触って白濁を出し合うだけかと思っていた。それだけで十分に気持ちよかった。だから次は、三田が村崎のあの大きなものを手で擦る番ではなかったのか。前にもこっそり村崎が寝ている間に扱いてしまったことは内緒だが、それなら自分でもできると少し安心していたのに——。

「もしかして、何も知らないのか」

村崎が窄まりを掻き回していた舌を抜き、少し驚いたように言った。村崎が何をしようとしていたのか、今初めて理解してショックを受けた。村崎が舐めてほぐしてくれた三田の後ろに彼の猛《たけ》ったものを入れるというのだ。

脳裏に過ぎったのは、いつかの夜に目の当たりにした村崎の剛直だった。

あんな大きなものがこんな小さなところに入るのだろうか。

無知だった三田は想像してカアッと頬を熱くする。大きく割られた股の間から、村崎が困惑した表情で三田を見ている。

「そうか、ちょっと急ぎすぎたか。俺も男相手は初めてだしな」

村崎が自制して顔を引こうとする。焦った三田は、「待って下さい」とそれを止めた。

「あ、あの、僕、頑張りますから。続けて下さい」

一瞬、村崎が目を丸くする。

「……けど、びっくりしてるだろ？　無理にここを使わなくたって大丈夫だから」

三田は首を横に振った。

「ちゃんとしたいです。村崎さんのしたいようにして下さい。村崎さんのこと、もっともっと覚えておきたいから」

「――――！」

村崎がふいに泣きそうな顔をしてみせた。

「……バカ、そんなこと言うなよ」

抱えた両脚を撫でて、白い内股に愛しそうに頬を擦り寄せてくる。優しく唇を這わせ、敏感な肌を強く吸い上げられた。

「ぁ、あっ」

そのまま村崎の唇は付け根のきわどいところを吸って、中途半端にほぐした後孔《こうこう》に舌を差し入れる。縮こまっていた襞の一つ一つを伸ばすように唾液を塗り込み、ぐるりと内壁の浅い部分を舌先で刺激してくる。きゅっと尻に力を入れると、村崎の舌の弾力を感じた。

舌を引き抜き、今度は指で中を掻き回される。

一本だったのが二本になり、最後には三本にまで増えた。中でばらばらと動かされ、指を開くようにされると、ぐっと圧迫感が強くなる。

指の一本が腹側のある一点を押し上げた瞬間、三田は悲鳴を上げて背中をしならせた。

「ここか？」村崎が何かに気づいてそこをぐにぐにと弄《いじ》る。「ここが気持ちいいのか」

執拗に一点を攻められて、三田は初めて経験する快楽に身悶えた。

「あっ、あっ、やっ、そこ、ダメ…っ、です……ぁっ」

「ダメじゃないだろ。気持ち良さそうに腰が揺れてるぞ」

「ちが……っ、あっ……ふっ、うう……あ、あ、あ」

過ぎる快感はかえって苦しい。三田はもう許してとなけなしの力で村崎の指をぎゅっと締め付けた。

「どうした？　もう指じゃ足りないか。……だいぶほぐれたみたいだし、もう大丈夫かな」

ずるっと指が引き抜かれる。

「……はふっ……あ……ん」

きゅっと頭の下に敷いてある村崎のコートを摑んだ。ふわりと立ち上ってくる彼の残り香が官能を甘く刺激する。

村崎がはしたなく開いた三田の脚を抱え直した。

「息を止めるなよ。力を抜いて、ゆっくり吸って」

三田は言われた通りに息を吸い込む。そのタイミングで、やわらかく弛んだ後孔に火傷《やけど》しそうなくらい熱い切っ先が押し当てられた。

ぐうっと村崎が体重をかける。

内壁を抉《こ》じ開けるようにして三田の中に村崎が入ってくる。

指とは比べものにならないくらいの圧倒的な質量に、三田は目を瞠った。

焦点が合わず目の前がチカチカする。声も出ないほどに苦しい。めりめりと体が引き裂かれてしまうのではないかと思った。

「三田、大丈夫か。ゆっくり息をして、力を抜いて」

そう言われても、体が言うことをきかない。どうやって呼吸をしたらいいのか思い出せない。村崎を受け入れることがこんなに苦しいものだとは思わなかった。三田より一回りは確実に太くて長かったと記憶しているから、苦しいのは当たり前なのかもしれない。それとも村崎のは人間の中でも特別大きいのだろうか。

「……ううっ……は、ふ……っく」

ずっしりとした重量のある屹立《きつりつ》が、自分でもどうなっているのかわからない最奥まで埋め込まれていく。

どこまで入っていくのだろうかと恐怖を覚えた頃、唐突に村崎の動きが止まった。

尻に硬い腹筋の感触が押し当てられる。

「全部、入ったぞ。……大丈夫か？」

ゆっくりと目を開けると、頭上から村崎が心配そうに覗き込んでいた。三田の顔に手を伸ばし、汗で張り付いた髪の束を指先で払ってくれる。目尻に浮いた生理的な涙も拭ってもらうと、三田はぼんやりと村崎を見上げた。

「……大丈夫です。もう、これで終わりですか？」

「いや」村崎が苦笑する。「ここで終わりにされると、俺が辛い」

「村崎さんが気持ちよくなるには、どうしたらいいですか」

「これを、動かしてもいいか？」

村崎がゆっくりと腰を回した。最も敏感な奥を擦るように揺すられて、三田はびくっと痙《けい》攣《れん》する。

「……あ、な、何……」

「ここをいっぱい突くと、もっと気持ちよくなるぞ」

村崎が情欲に掠れた声で囁き、腰を引いた。ずるっと内臓まで引きずり出されるような感覚に背筋がぶるっと戦慄《おのの》く。入り口に引っかかるようにして止まった村崎が、今度は一気に腰を突き入れてきた。

「ひあっ」

強烈な快感が全身を駆け抜け、三田は限界まで首を反らす。村崎の動きが急激に速度を増していく。開かれたばかりの内壁を逞《たくま》しい腰使いで擦り上げられ、三田の口からひっきりなしに甘く濡れた嬌声《きょうせい》が零れた。

奥を執拗に攻められると気持ちよすぎて意識が飛んでしまいそうになる。

激しく腰を打ちつけながら、村崎が振り落とされないように必死にコートを掴む三田の手を握り締めてきた。指を絡めて、切ない声を落とす。

「……三田、俺のことを、忘れないでくれ……っ」

「あっ、あっ、わ、忘れちゃうのは、む、村崎さんの方です……僕は、絶対に忘れません」

「本当だな？　信じてるからな。もうこれで終わりじゃないよな？　頼むから、ちゃんと、会いに来てくれよ」

何か頭上から降ってきた。ちょうど三田の唇の上に落ちて、反射的に舌を伸ばす。しょっぱかった。ハッと見上げると、村崎が泣いていた。

きゅうっと胸が引き絞られて、熱の塊が喉の奥から迫り上がってくる。盛り上がった大粒の涙に視界が水没する。

「は……はい、絶対に……ぁっ、会いに、行きます」

「俺がお前のことを忘れている間も……傍にいて、俺にちゃんと姿を見せろよ。絶対に思い出すから」

「はい……何があっても、どんなことをしてでも、僕はまたこっちに来ます。この部屋にいると約束します。村崎さんに思い出してもらえるまで、ずっと傍を離れません……っ」

村崎がぐうっと伸び上がるようにして、三田に強引に口づけた。

「……絶対に思い出すから。お前のこと、必ず思い出すからな。それで、俺が思い出したら今度こそ——」

ずっとずっと一緒にいよう。

三田は泣きながら喘《あえ》いだ。離れたくない。ずっとこのままでいたい。

村崎が急激な睡魔に襲われて眠りにつくまで、二人は互いの熱を自分の体に染《し》み込ませようと何度も何度も抱き合った。

■9■

「うー、今日も寒いな……」

外に出た途端、ぶるっと身震いをした。

今年も残すところあと十日を切った。一年が経つのが本当に早い。ついこの前まで暑い暑いとうだっていたのに、気づくともう年末。年々このサイクルが早く感じられて、年をとったのだなと身に沁みる。

何を言ってるんだ、三十代になったらもっと早いぞ。赤ペンを走らせながら吉野《よしの》が笑っていたが、二十七の今でも十分ジェットコースター並みだ。これ以上早いとなると、人生という名のレールの上を魂だけがトロッコに乗って走って行きそうだった。

「……わけわかんねーな」

自分のバカげた思考に突っ込みながら、鍵をかける。とちょうどその時、お隣さんも家から出てきた。

一年近くも空き部屋だった隣の202号室に、住人が越してきたのは二ヶ月ほど前のことだった。

このぼろアパートはご近所付き合いがほとんどないのでよく知らないが、見た感じまだ学生のようだ。最近の若者の特徴なのか、他人に興味がなく排他的な印象だった。

あまり詮索するのもよくないと思い、今のところわかっているのは性別が男ということぐらいだ。ベランダに干してある下着が男物だったからである。

それでも、お隣さんなので挨拶ぐらいはすべきだろう。

「おはようございます」

声をかけると、小柄な彼はびくっと怯えるように体を揺らした。

「……お、おはようございます」

ちらっと横目に村崎を確認して、ぺこっとおざなりに会釈する。柔らかそうな髪が北風に巻かれてひよこの産毛のようにふわふわと揺れた。肌も色白で全体的に色素が薄めだが、ハーフというほど彫りは深くない。どことなく浮世離れした雰囲気だ。

目は合わせてもらえず、彼はさっさと外廊下を歩き出す。部屋の位置的に村崎が彼を追いかける形になる。ちらっと一度振り返った彼が、気まずそうに少しだけ速度を上げた。何だかちょっと傷つく。

びゅっと強い風が吹いた。

彼が肩に提げているトートバッグから帽子が落ちた。被るつもりで持ち手に引っ掛けていたのだろう。村崎はシンプルな黒のニット帽を拾い上げる。

「帽子が落ちたよ」

彼が驚いたように振り返った。何か物言いたげな大きな目に見つめられて、村崎は軽く首を捻《ひね》る。

「えっと。はい、これ。風で飛ばされたみたいだけど」

「……すみません」

ぺこりと頭を下げて、彼は帽子を受け取った。「ありがとうございます」

きちんと礼は言える子のようだ。よく見るとかわいい顔をしているのに、愛想がないせいかどうにも印象が薄い。

――笑ったら、イメージがガラッと変わりそうなんだけどな……。

急ぎ足で階段を下りていく後ろ姿を眺めながら、村崎はそんなことを思った。


「村崎先生、おはようございます。昨日の合コンはどうでした？」

職員室に入ると、さっそく隣の席の赤水が訊いてきた。下世話な話をしようが、爽《さわ》やかな王子スマイルは健在だ。つくづく世の中は不公平にできていると思う。

赤水が声を潜めた。

「女の子の一人と結構いい雰囲気だったって聞きましたよ。で、どうだったんです？」

村崎はじろっと横目に睨《にら》んで嘆息する。合コンはもともと赤水の代打で半ば強制的に参加させられたものだった。

　彼には付き合ってそろそろ一年になるかわいい彼女がいる。職場の同僚なので奴の行動は逐一チェックされているのだ。友人からの誘いなんですけど、どうしても面子《メンツ》が一人足りないらしいんですよ。お願いします、村崎先生！

　頼み込まれて渋々出かけた合コンは、おかげで男連中も初対面、女の子は当然初対面。赤水の友人たちにはいろいろと気を遣われて、お互い気まずいことこの上なかった。

「別にどうもこうも、何にもなかった」

「えっ」赤水が驚いたような声を上げた。「次に会う約束はしなかったんですか」

「するわけないだろ。連絡先も交換してねえよ」

「うっわ。案外ヘタレだったんだ、村崎先生って」

　イケメンレッドは優男の見た目に反して存外ズケズケと物を言う性格だ。この野郎と、顔を引き攣《つ》らせた村崎は心の中で毒づく。大体、今の彼女と付き合えたのも、赤水から相談された村崎がキューピッド役を引き受けてやったからだと忘れたのか。

　――何であんなことを言ったんですか！

　ふいに、脳裏に誰かの声が過ぎった。

「先生？　どうしました」

「なあ、笹本先生と付き合うようになったきっかけって、何だったっけ」

「は？」赤水が怪訝《けげん》そうに村崎を見た。「ええ？　今更何ですか。えっと、村崎先生がセッティングしてくれた飲み会でしょ。一人で大丈夫だって言い張る彼女に、村崎先生が僕に送ってもらえって二人きりにしてくれたから……」

「だよな。俺も覚えてるし」

村崎は首を捻る。さっき頭を過ぎったセリフは何だったのだろうか。念のために反芻《はんすう》すると、ふっと一瞬、何かを思い出しそうになった。だが映像の破片は形にならないますぐに霧散して、結局それが何なのかはわからずじまいだ。

「どうしたんですか、急に。そういえばもうあれから一年になるな。クリスマスですねえ」

「クリスマス……」

「村崎先生って、一人は嫌だ、寂しいってぶつぶつ文句を言うくせに、いざとなると特定の彼女を作ろうとしないでしょ。本当は誰か目をつけている相手がいたりして」

赤水がにやにやと笑う。

「だったらいいんだけどな」村崎はため息をついた。「昨日の子も、俺好みでかわいかったんだけどさ。何なんだろうな？　全然そういう気分にはなれなくて……」

――××、俺の恋人になってくれないか。

また、何か思い出しそうになった。これは俺の声なのか？　でも、誰にこんなことを言ったんだっけ？

急に黙り込んだ村崎を、赤水が「本当にどうしちゃったんですか」と心配してくる。

村崎はもやもやとした気分で首を傾《かし》げる。

「さあ?」

こっちが訊きたい。


あっという間に数日が過ぎて、街中が一年で一番浮かれる日がやってきた。

赤と緑のクリスマスカラーに彩られ、これ見よがしにカップルがイチャイチャと歩いている。腹立たしい、まだ夕方なのに。

「いいよな、学生はもう冬休みですか……」

村崎は授業が始まる前にコンビニへ出かけて、おにぎりとペットボトルのお茶を買った。生徒の前で腹の虫が鳴いては示しがつかない。

コンビニもクリスマスムードに汚染されていた。大量に補充されたスイーツのコーナーにガンを飛ばし、レジ横のチキンを呪《のろ》い、一人むなしく店を出る。

駅前通りを歩き元来た道を戻る最中、ドラッグストアの前でオレンジ色の奇妙なキグルミが何かを配っていた。

風船だ。

母親と一緒の幼児に赤いそれを渡している。店名入りのジャンパーを羽織った従業員が母親に試供品を手渡していた。何かのキャンペーンなのだろう。

そういえば、去年も同じような光景を見た覚えがある。

ネコだかタヌキだかよくわからないキグルミが風船を配っていた気がする。

——村崎さん、見て下さい。これ、ハート型になってるんですよ。

キンと頭痛がした。咄嗟にこめかみを押さえる。流れ星のように一瞬閃《ひらめ》いては消える、覚えのない誰かの声。何でこの声の主は自分の名前を呼んでいるのだろう。誰だ？　必死に記憶の引き出しを探るが、結局すべて空振りに終わった。正体が掴めず苛々《いらいら》する。

悶々《もんもん》としながら歩いていると、いきなり横から何かが飛び出してきた。

「おうっ」

びくっとして思わず立ち止まる。驚いて見ると、先ほどのオレンジのキグルミが立っていた。考え事をしながら歩いていたので気がつかなかった。

キグルミがずいっと手を伸ばしてくる。

「え？　……俺？」

いきなり風船を押し付けられて、村崎は戸惑った。「いやいや、俺はいいんで。これは子どもにあげて下さい」

キグルミに断って歩き出す。

だがなぜか、ぽてぽてと追いかけてきて、またずいっと風船を押し付けられた。

赤い風船が村崎の頭上でふわふわと揺れている。内心しつこいなと思うが、相手も引く気はないらしい。受け取らないと通してくれない勢いだ。

今日はクリスマス。彼女ナシの独身男に風船を恵んでくれるキャンペーンでもしているのだろうか。余計なお世話だ。お世辞にもかわいいとは言えないキグルミと路上で睨み合う。行き交う人たちが、赤い風船を挟んで対峙《たいじ》する村崎とキグルミをちらちらと見てくる。いつもより人通りも多く、注目の的だ。

結局、恥ずかしさに耐えきれず村崎の心が折れて、風船を受け取る羽目になった。渡すことに成功してほっとしたのか、キグルミはよたよたと元の場所に戻って行った。

——変なキグルミだ……。

もらった風船は、よく見るとハート型をしていた。いい年をした男がこんな物を持って一人で歩いている姿は憐《あわ》れでしかない。慌てて紐をぐるぐると手に巻き取って、上着に隠すようにして抱える。小走りで急いで職場まで戻った。

「あっ、村崎先生だ」

建物の中に入ろうとすると、女子中学生たちに捕《つか》まった。これから村崎の数学の授業を受ける生徒たちだ。

「先生、何持ってるの？」

「あ、ホントだ。何それ」

「おいこら、引っ張るな。あっ」

遠慮のない彼女たちに腕を取られて、赤い風船が飛び出す。「ええっ、何で先生こんなもの持ってんの？」「ハート型だ！　かわいい」「先生……こんな趣味があったんだ？」

「こら離せ。そこのドラッグストアでもらったんだよ。キグルミさんに」

「ええー、何それ」と、女子中学生たちがなぜか爆笑した。箸《はし》が転んでもおかしいお年頃なのだ。

「そういえば、あそこのドラッグストアって、かっこいいアルバイトがいるよね」

「あ、知ってる。かっこいいっていうよりはかわいい系じゃない？　くるくるしたパーマがかわいい感じの……大学生かな」

「うそー、私も見てみたい。いいなあ、風船もらえるの？　先生、これいらないならちょうだいよ」

ねだられて、村崎はつい何も考えずに渡してしまいそうになる。風船なんて持っていても邪魔になるだけだ。職員室で割れても面倒だし。

「――いや、ダメだ」

「ええー、ケチ」と、彼女たちが非難の声を上げた。

「ケチで結構。ほら、こんなところで騒いでないで、さっさと教室に行って復習でもしてなさい。今日はミニテストの日だぞ」

「えー、今日はクリスマスだよ？　クリスマスにテストって！」

「喜べ。先生からのプレゼントだ」

「うわっ、サイアクのプレゼントだよー」

彼女たちと二階まで上がり、三階の教室に追い立てる。村崎は職員室に向かった。

風船を上着に隠しながら席につき、こっそり机の下に手を潜らせて風船を放す。村崎の股《また》の間で赤いハートが揺れていた。

どうしてここまで持ち込んでしまったのか自分でもよくわからない。

ただなぜか、これを他人にあげてはいけないような気がしたのだ。


冬期講習用の時間割りになったため、夜の授業枠が減ってその分帰宅時間も早まった。何の予定もない男がクリスマスに早く帰れるからといって、たいして嬉しくもない。赤水は笹本とデートだし、吉野は家で奥さんと子どもが待っている。村崎は引き出しの奥から紙袋を引っ張り出してハートの風船を押し込み、一人で家路に着いた。

寒さに身を震わせ、はあと思わずため息が零れる。吐き出す白い息も寂しそうだ。イルミネーションでピカピカ光り輝く街はどこか別世界のようだった。

まだ早い時間だからか、あちこちの店からクリスマスソングが流れ出し、サンタ服に身を包んだ売り子がケーキを売っている。

「そこの冴えない顔をしたお兄さん」

低い声に呼び止められて、思わず村崎は立ち止まった。

「そうそう、そこのあなた。とぼとぼと寂しい後ろ姿が泣けてくるあなたです」

村崎は咄嗟にきょろきょろと辺りを見回す。すると華やかな通りにふさわしくない、見るからに怪しい一角を見つける。黒い布を頭から巻きつけたいかにもな胡散臭《うさんくさ》い男が、村崎を手招きしていた。嫌な予感がした。

この光景は覚えがある。確か一年前にも同じようなことがあったはずだ。

あの時の占い師は女だったが、村崎はよほどこの手の輩《やから》に目をつけられやすいらしい。

あまりにも暇だったので、ついふらりと爪先《つまさき》を向けてしまった。

村崎を招き寄せた男が、布の奥で眼鏡のレンズを妖《あや》しく光らせる。ちょっと聞き惚れるようないい声で唐突に言った。

「探し物がありますね」

「は?」

「見つけにくいところにしまってあるのではないですか?」

我に返った村崎は冷めた目をして首を傾げた。何を言っているんだ、この占い師。

「例えば鞄の中、机の中……いや、押入れの中を探してみて下さい。きっとあなたが探している物が見つかるはずです」

「いや、別に。俺は探し物なんて……」

「あるはずです！　いいから今すぐ家に帰って、押入れを捜索しなさい。ほら、早く！」

強引に呼び寄せたくせに、なぜか一方的に追い払われる。非常に気分が悪い。

村崎はぶつぶつと独り言を呟きながら、寄り道もせずいつも通り帰宅した。

アパートに戻ると、隣の部屋はまだ真っ暗だった。

普段は七割くらいの確率で村崎の方が遅い。錆び付いた古い鉄階段を上り、一番奥の201号室の鍵を開ける。

ひんやりと冷たい湿った空気が流れてくる。虚《むな》しさにため息をつき、急いでコタツと電気ストーブをつけた。紙袋の中に詰め込んだ風船を取り出し、部屋に放す。ふわふわと宙を昇り、天井にぶつかった。

「おおっ、寒っ」

なかなか暖まらない部屋の中で着替えながら、ふと胡散臭い占い師の言葉を思い出した。

「……押入れに何かあったっけ？」

ただの出まかせだ。わかっているのに、そう言われるとなぜか無性に気になる。

村崎は色褪《いろあ》せた押入れの戸を開けた。上の段には来客用の布団が一組詰まっていて、下には夏服がしまってある衣装ケースが二つと参考書などが入っている段ボール箱。

「別に、これといった物はないよな……」

バカバカしくなって、村崎は苦笑しながら戸を閉める――と、その時。目の端を何かが過ぎった。

押入れの奥に追いやられていた不恰好なぬいぐるみ。

「……あれ？　そういえばこれって、確か昔、クリスマスにもらったヤツだよな」

村崎は懐かしくなって、意外と場所を取る大きなそれを引っ張り出す。実家を出る時にこっそり持ってきたのだ。成人男性がぬいぐるみを押入れに隠し持っているなんて、なかなか人には知られなくない秘密だが、こいつは特別だった。ちょっとしたゲン担ぎだ。

「最近、見てなかったな。最後にこいつの頭を撫でたのはいつだったっけ」

――ほら、このマーク！

「……っ」

ふいに脳裏にまたあの声が過ぎって、村崎は頭を押さえた。

「マーク？」頭の奥で何かが明滅している。「マークって、何の……」

ハッとして、村崎は薄汚れたぬいぐるみを引き寄せた。一見クマにも見えるが、尻尾はトカゲみたいだし、耳は三角形。目は黒と赤のオッドアイで、白い腹には斜めに傾いた半月形のポケットがついている。

村崎は何かに衝き動かされるようにして、ブサイクなぬいぐるみのポケットを裏返す。

無理やり捲《めく》った内側に、魚のマークがついていた。

一筆書きの輪郭に丸い目がちょこんとついた、子どもの落書きみたいなイラスト。

何で、自分はここにこのマークがあると思ったのだろう。

「……痛っ」村崎はキンと痛むこめかみを押さえる。「まただ。何だっけ、何か大事なことを忘れてる気が……」

——もうこれは運命としか言いようがないと思いませんか！

流星のようにきらきらと誰かの声が脳裏を過ぎった瞬間だった。

パンッと突然、破裂音が鳴り響いた。

ハッと振り仰ぐ。なぜかハートの風船がはちきれて、赤い残骸《ざんがい》がはらはらと畳の上に落ちてくる。

雪崩《なだれ》のように忘れていた記憶が舞い戻ってきたのは、その直後だった。


カンカン、と鉄階段を上る足音が聞こえた。

重たい足取りで外廊下を歩き、人影が近付いてくる。

２０２号室の前で彼は立ち止まった。職場で何かあったのか、大きなため息をつく。

「おかえり」

びくっと、小柄な彼が気の毒なほど全身を跳ね上げた。

つきあたりの暗闇に紛れて、座り込んでいる人間がいるとは思わなかったのだろう。外灯に照らされ、恐る恐る目を凝らす様子がここからはよく見える。知った顔だと認識したのだろう。彼がようやくほっとしたように息をついた。

「……ど、どうも」

相変わらず素っ気無い。黒いニット帽を被った彼は、ぺこりとおざなりに会釈をしただけですぐにドアと向き合ってしまう。鞄から鍵を取り出す仕草はもう完全に堂に入っていた。

村崎は腰を上げた。

「駅前のドラッグストアで働いているんだって？」

鍵を差そうとする手がぴくっと止まった。

「うちの生徒たちがそんなことを話してたんだよ。くるくるパーマのかわいい店員さんがいるって騒いでたから、もしかしたらそうかなって思ったんだけど……当たってた？」

「……」

「夕方、店の前を歩いてた俺に風船くれただろ」

「……な、何のことですか」

がちゃがちゃと金属の擦《こす》れ合う音がする。動揺して、なかなか鍵穴に入らないようだ。

「ごめんな。あの赤いハートの風船、さっき割れちゃったんだよ」

「た」彼の手元が更にがちゃがちゃと騒がしくなる。「たぶん、明日も誰かが配ってると思います。ほ、欲しかったら、もらって下さい」

「他の誰かにもらってもな。あれはお前がくれるから意味があるんだろ？」

鍵穴と格闘する手がぴたりと動きを止めた。

「おかげで全部思い出したよ。変わってないな、このくるくる頭」

「……」

「待たせてごめんな」

村崎はゆっくりと歩み寄る。「こんなに近くにいたのに、思い出すのに時間がかかってしまった。お前、いつも声をかけても素っ気無いしさ。あまりにもつれないと寂しいだろ？なあ、三田」

ちゃりんと鍵がコンクリートの床に落ちた。構わず、三田が弾かれたように振り返る。

村崎は手を伸ばし、鍵を拾い上げた。

渡そうかと思ったが、やめた。自分の上着のポケットに押し込む。

顔を上げると、三田が微動だにせず村崎を一心に見つめていた。視線を逸らし続けていた大きな琥珀色の目が、今は他の動作を忘れてしまったかのようにただ村崎だけを食い入るように見つめている。

「……寂しかったのは、僕の方です」

ふいに三田が口を開いた。

「僕からは話しかけちゃいけない決まりなんです。余計なことも喋っちゃいけなくて、だから、どうすることもできなくて、村崎さんに思い出してもらうしか……それも、期限はあれから一年後のクリスマスまででした」

「クリスマスって、今日じゃないか」

「そうです」三田が唇を噛み締めて頷く。「もし今日、思い出してもらえなかったら、僕はもうここにはいられなくて、サンタクロースにも戻れないはずでした。村崎さん、ギリギリです。でも、お、思い出してもらえて……よ、よかった……ひっ、ふえ…っ」

声を詰まらせた三田を、村崎は堪らず抱き締めた。

「ごめんな。本当にごめん。お前に会ったらすぐに思い出すなんて、偉そうなことを言って約束したくせに」

ああ、この腕の中にすっぽりおさまる感覚。一度思い出すと、今までこのしっくりくる存在を忘れていたことが不思議でならなかった。顎《あご》に触れるやわらかい癖毛。触り心地のいい小ぶりな耳。ちゃんと本物かどうか、今すぐむしゃぶりついて確かめたくなる。

村崎の腕の中で号泣していた三田が、嗚咽《おえつ》混じりに言った。

「い、いいんです。記憶が消されるっていうのは、そ、そういうことなんです。僕も、覚悟していました。だけど、あの頃から全然変わってないのに、村崎さんがまるで初めて会う人みたいに僕のことを見てくるのは、やっぱり、すごく……すごく辛かった……っ」

「うん、そうだよな。あんなに毎日一緒にいたんだもんな。俺も信じられないよ、お前のことを忘れていた自分が。……この帽子、ちゃんと持っていてくれたのか」

「当たり前です」と、泣きながら三田がニット帽を脱いだ。

——次に逢《あ》うまで、これを持っていてくれ。

一年前、睡魔に襲われながら必死に鞄を手繰り寄せて、村崎が三田に渡した物だ。

——絶対に返してもらうから、失くすなよ。

「村崎さんから預った大切な物です。謹慎中も、毎日これを抱き締めて寝てました。こっちに来てからも、毎日被って、もしかしたらこれが何か村崎さんの記憶を刺激するかもしれないと思って……」

「そうか。ありがとうな、一人で本当によく頑張ったな」

ふわふわの頭を撫でると、三田がすんと鼻を啜る。

頬を両手で包む。少し、痩《や》せただろうか。こっちで一人暮らしをするのは初めてだろう。生活費を稼ぐために人間に混ざって働くのも、初めてのことだったはずだ。お世辞にも器用とは言えない奴だから、戸惑うことばかりで、不安もいっぱいだっただろう。頼みの村崎は自分のことをすっかり忘れているし、たくさん寂しい思いをさせたに違いなかった。

ふっくらとしていたはずの頬が、いくらか肉が落ちてほっそりしている。ちゃんとご飯を食べていたのか？　お前は燃費が悪いんだから、しっかり食わないと。

胸が詰まるような気分になる。

指の腹で優しく涙を拭い、そっと上を向かせた。

目を真っ赤にして顔は涙や鼻水でぐしゃぐしゃ。それでもそんな三田を心の底から愛しいと思う気持ちは一年前からまったく変わっていない。封じられていた想いが泉のように次から次へと湧《わ》き出てくるようで、時間が経つほど愛おしくて愛おしくて堪らなくなる。

「会いたかった」

村崎は額《ひたい》に張り付いた前髪を払ってやりながら、微笑んだ。

「三田に会いたかったよ」

笑ったつもりが、泣きそうになる。

「……ぼ、僕もです。村崎さんに会って、ずっとこんなふうに、抱き締めてほしかった」

――ああ、愛しい……。

この存在が、自分にとって世界で一番大切なものなのだと確信できる。一度手離したものが、今こうやって自分のところに戻ってきてくれた。これ以上に幸せなことはない。もう絶対に一人にはしない。寂しい思いはさせない。今度こそ、離れ離れになることなく、傍に。

「愛してるよ、三田」

くしゃくしゃになりながら幸せそうに微笑んだ三田の唇をゆっくりと塞《ふさ》いだ。

短い息継ぎを挟みながら、すぐにまた三田の唇に咬みつくようにして何度も何度もキスを交わした。

「……はあ……ふっ……んんっ」

触れ合わせるだけのキスをした後、村崎が住む角部屋に連れ込み、閉めるや否《いな》やドアに三田の背中を押し付けた。

そしてびっくりする彼の声ごと奪うみたいにして唇をきつく封じる。

我慢ができなかった。久々に嗅《か》いだ三田の匂いにあてられたのか、もう一分も待てなかった。靴を脱ぐ時間すら惜しい。自分が腹をすかせた獣にでもなった気分だった。

重ね合わせた唇の間で歯列を抉《こ》じ開け、強引に舌を捩《ね》じ込む。

三田のかわいい舌がぴくっと震えた。

驚いたように一瞬、奥へと引っ込みかけたが、すかさず追いかけて搦め捕る。根元に巻きつき、引きずり出した。

きつく吸い上げる。

ドアを滑るように、三田の体がしなやかに反り返った。

もっと深くまで貪《むさぼ》り尽くしたくて、舌を這わせたまま三田の左膝の裏に手を差し込む。少し持ち上げ、できた隙間に自分の下肢を割り込ませた。三田の軽い体が浮き上がり、両脚を村崎の腰に巻きつけるように回させて抱きかかえる。

無意識なのか、三田が自ら両手を村崎の首に回してくる。

ドアと村崎で挟むようにして三田の体を支え、彼が上から覆《おお》い被さるような形で再び唇を合わせた。熱い口腔《こうこう》を隈《くま》なくまさぐる。

三田の唾液はまるで甘露のようだ。いつまでも吸っていたくて、夢中で舌を動かし奥深くまで差し込んでは啜り上げて舐め回す。

抱き上げた体を下から腹筋で突き上げるように揺さぶって、キスを深めた。

息継ぎのために僅かに離れた瞬間、三田が舌足らずの声で「む、むらさきさん」と甘い声で呼んできた。

「ん？　何だ」

二人分の唾液で艶々《つやつや》と濡れている唇や顎に舌を這わせていると、三田がぴくぴくと小刻みに震えながら訴えてくる。

「……はっ、ふ……も、もう、僕……んっ、んっ、ふあっ、……げ、限界…です……」

「俺は、まだ全然足りないけど」

誰かをこんなにも激しく求めるのは一年ぶりだ。

「長い間、三田に触れてなかったからな。自分でも抑えがきかないんだよ」

「はあ……んっ、キスだけで…ふっ……頭が、おかしく、なっちゃいそうです……」

「一年分だからな。一晩中キスしても足りないくらいだ」

弾力のある耳朶を甘噛みしてやると、三田が身を捩りかわいらしく喘いだ。ふっくらと赤く腫《は》れた唇を舌先でつつく。三田がとろんとした目を潤ませて、いやいやをするようにかぶりを振った。

「今日は、もう…はぅっ……許して、ください。これからは、もう少し、間があかないように……ぁっ、した方が、いいと……思います」

「そうだな、毎日したいな」

三田が僅かに怖気《おじけ》づく。

「これを、毎日……ンあっ」

首筋を強く吸い上げると、鼻にかかった甘い嬌声を漏らす。三田の声を聞いているだけで軽くイってしまいそうだ。

「いずれはキスだけでイクようにしてやりたいけど……ここがもう苦しそうだな」

三田の下肢《かし》を押し上げている村崎の腹筋に、先ほどから硬いものが当たっていた。軽く腰を揺らすと、三田がひっと喉を鳴らす。

「や、やめ……揺すっちゃ、ダメです……も、もらしちゃう、から……っ」

内腿にぎゅっと力を込めた。張り詰めた股間を押し付けるようにして、男の腰を卑猥《ひわい》に挟み込む恰好が村崎の下半身を直撃する。

「あっ、あっ、村崎さん、お、お尻に、何か当たって……っ」

三田がもじもじと恥ずかしそうに身をくねらせる。もうそれが何なのかわかっているはずだ。一度落ち着きかけた三田の呼吸が再び荒くなり始めた。ハアハアと熱い息が村崎の首筋を掠める。

「三田…っ、ふっ……あんまり、尻で俺のをいじくるなよ」

お互い服を着たままだが、すでに下着から先端がはみ出そうなほど勃起《ぼっき》していた。三田がくねくねするたびに、形のいい小ぶりな尻が村崎の中心を擦り上げてくる。

三田がおろおろとしながら、村崎の腰を挟んだ内腿に再びきゅっと力を入れた。

――やばい、もう限界だ。

「そ、そんなつもりは、ないです。か、体が、勝手に……んっ、んんっ」

咬みつくようにして三田の唇を激しく貪った。舌を執拗に絡ませながら、背中で跳ね上がる足からスニーカーを素早く落とす。担ぎ上げるようにして三田の太腿に両腕を回し、自分のサンダルも脱ぎ捨てる。

玄関を上がってすぐ、狭い台所の流し台の前に三田を立たせた。

薄手のニットの裾を捲り、性急な手つきで細い腰からベルトのバックルを外す。下着ごと綿パンをずり下ろした。

「あっ」

三田が小さな悲鳴を上げる。

薄暗い中でも硬くそそり立っているのが丸わかりだった。台所の小さな磨り硝子の窓から外灯の明かりがぼんやりと差し込み、三田の細身だが形も色も綺麗な昂《たか》ぶりが浮き上がる。

ごくりと喉を鳴らし、堪らず村崎はそこに吸い付いた。

なめらかな表面の感触を味わうように頬擦りをしながら、唇を這わせ、尖《とが》らせた舌の先でぴくぴくと震えている先端を少し強めに抉《えぐ》る。

三田の甘ったるい嬌声にますます興奮を煽《あお》られた。膝をがくがくとさせながら、必死に堪《こら》えている姿が堪らない。

口を大きく開き、三田の中心を喉深くまで一気に飲み込む。

じゅぶじゅぶと音を立てながら舌を絡ませて扱き上げる。自分の口の中で三田が更に育っていくのがわかった。頭上で三田が村崎の名前を呼ぶ。切ない声に応えるように三田を深く咥え込み喉を絞めるようにして刺激してやる。

甲高《かんだか》い声を上げた三田が腰を突き上げるようにして、村崎の喉に粘り気のある体液を叩きつけてきた。

青臭い独特の苦味が鼻まで抜けて、村崎はごくりとそれを飲み干す。

びくびくと痙攣する内腿を撫で回しながら、萎《な》えた三田を銜《くわ》えて最後の一滴まで絞り取ろうと吸い上げた。

「やっ、もう、そこはいい、です……ああっ、そんなに、吸わないでくださ……いぁンっ」

口の中に残った粘り気を舌で指に纏わせて、後ろの窄まりになすりつける。

小さな入り口を軽く押し上げてやると、三田が「ひっ」と息を呑む。

円を描くように縮こまっている襞を弛ませ、指をもぐりこませた。

さすがに狭い。まだたった一度しかここに入ったことがないのだから、仕方のないことだった。むしろ、体に負担がかかるのに、こんな狭いところに村崎を受け入れてくれる三田の気持ちを嬉しく思う。指を動かし、丁寧にほぐす。もう村崎の股間も痛いほどに張り詰めていたが、ここは我慢だった。三田に痛い思いをさせたくない一心で指と舌を動かす。

三田が艶めいた声を上げて、腰をゆらゆらと揺らし始めた。

指の腹が三田のいいところを擦り上げる。気持ちいいのだろう。甘えるような嬌声を漏らし、きゅうっと指を締めつけられると、思わずぶるりと胴震いをしてしまった。下肢にどんどん熱が溜まって、お預けを食らっている犬みたいに涎《よだれ》を垂らしそうになる。

「む、むらさきさ……んぁんっ」

三田がなまめかしく腰を揺らめかせて言った。「も……そ、そこは、大丈夫です…ふっ…ぁっ……だから、指じゃなくて…んっ…ちゃんと、村崎さんの…で、してください……っ」

ハアハアとそんなことを頼まれたら、もう村崎の下半身はひとたまりもなかった。

上半身だけ服を着たままの三田の体を引っくり返し、流し台の上にうつ伏せにさせる。

肉付きの薄い小ぶりの尻を突き出すようにして摑まらせた。

素早くスウェットの紐を解《ほど》き、我ながら恐ろしいほどに膨張したものを取り出す。これが今から三田の中に入るのだと想像しただけで益々興奮した。

爪先で立っている細腰を両手で支え、背後から十分にほぐした孔《あな》に切っ先を宛《あて》がう。ぬるりとした先走りがやわらかい後ろの入り口を濡《ぬ》らす。くちゅっと卑猥《ひわい》な水音を立てて、先端が熱い粘膜に食い込んだ。三田が「あっ」と甲高い声を上げる。ぞくぞくっと首の後ろが粟《あわ》立《だ》ち、一気に腰を突き入れる。

「あ、あっ、ぁ、あああっ!」

村崎を最奥まで銜え込んだ三田が、ぐっと背中を弓形に反らした。片方の足を抱え上げてニットを捲り、汗の浮いた綺麗な溝に舌を這わせる。吸い付くような肌に手を滑らせて、胸の尖りをきゅっとつまみ上げた。

三田が泣き声にも似た嬌声を上げる。

本能のまま腰の律動を繰り返し、三田を激しく揺さぶった。

「……は…ふっ、ふ……うっ!」

ぶるりと胴震いをして、熱の塊を吐き出す。昂ぶりを包み込んでいた粘膜が、放出したば

かりの村崎をぎゅうっと搾り取るようにぐねぐね収縮を繰り返す。

一度達した村崎のものは、またすぐに勢いを取り戻しつつあった。

切羽詰まっていた先ほどより余裕が生まれ、今度は三田の反応を確かめながらゆっくりと腰を回す。

「……はあ……三田の中、すげえ気持ちいい」

背後から抱き締めながら、腰を密着させて奥を捏ねるように回した。三田の快楽に濡れた声が壮絶に色っぽくて堪らない。

「……くそっ、ホントかわいいな、三田は。何でもっと早く、お前のことを思い出せなかったんだろうな。この一年、損した気分だ」

徐々に腰の動きを大きくしていく。

限界まで引き抜いて一気に突き入れた。

中に出した自分の精液がぐちゅぐちゅと泡立ち、村崎の動きに合わせていやらしい音を立てる。腰を引くと、捲れ上がった粘膜の隙間から粘液が溢れ出てくる。三田の尻を伝い、白い内腿に筋を作って流れていく様子は何とも言えずエロかった。

すぐに余裕はなくなり、三田の痺《しび》れるほど甘い汗の匂いに溺《おぼ》れるようにして腰を激しく振り続ける。肌と肌がぶつかり合う生々しい音と獣じみた息遣いが辺りを埋め尽くす。古いステンレスの流し台に必死にしがみつく三田の気持ち良さそうな喘ぎが、村崎の動きをますます加速させていく。

二度目の放出がすぐそこまで迫っていた。


六畳間に敷いた布団の上に移動し、お互い三度目の射精を終えた後、村崎は自分の脚の間に三田を座らせ、幸せを噛み締めていた。

毛布を羽織り、三田を背中から包み込むようにして抱き締める。三田も安心しきったように村崎にもたれかかっている。ぴったりとくっつき合う人肌の温《ぬく》もりが心地いい。

「もう」村崎はぽつりと呟いた。「いなくなったりしないよな？」

少しうとうととしていた三田が、「はい」と頷いた。

「村崎さんの記憶が戻った時点で、僕の処分も決定しました。本当は僕の行動は問題になって査問会議にかけられたんですけど、先生とナカイくんが一生懸命に僕たちのことを説明して説得してくれたんです」

「師匠とナカイが？」

「はい。僕と村崎さんは去年のクリスマスの時点でちゃんと結ばれていました。村崎さんの願いは成就したとみなすべきだって」

村崎は少し驚いた。そうか、彼らがそんなことを。

「ナカイにはさっきも世話になったしな」

「え？」と、三田が首を傾げる。村崎は何でもないとかぶりを振った。

「僕は十ヶ月の謹慎の後、正式な処分は一年後――つまり、今日の結果で決まることになっていたんです。村崎さんが約束通りに思い出してくれたので、僕はこれからもこっちとの行き来が許されます。ずっと、村崎さんの傍にいられます」

「そっか。よかった」

安心して、三田の細い体を力いっぱい抱き締めた。

「む、村崎さん……あの、ちょっとだけ、苦しいです」

「んー、でもまた消えちゃわないかと心配で」

「もう、大丈夫ですよ。僕は消えません。記憶も消えないです。ずっとずっと村崎さんの傍にいさせて下さい」

村崎は思わず目を瞠った。

「……何だよそれ、プロポーズか？」

「え」三田が振り返り、次の瞬間、カアッと頬を赤らめた。「そ、そんなつもりはなかったです。ただ、一緒にいたいと思ったからで……め、迷惑でしたか」

「そんなわけないだろ。めちゃくちゃ嬉しいに決まってるじゃないか」

嬉しすぎて首や肩や背中にキスの雨を降らせる。三田がくすぐったそうに身を捩り、村崎は逃がすまいかとぎゅっと抱き締める。

ふいに三田が黙り込んで首を傾げた。

「……村崎さん、クマクマさんって知ってますか？」

「クマクマさん？」村崎はすべすべの肩に顎をのせながら答えた。「ああ、クマクマってうちの町内会のマスコットキャラクターのことか？　知ってるけど、何だよ急に……」

ハッとする。そういえば去年、クマクマのキグルミに入っている時に一度、三田と遭遇したことがあった。クマクマを利用して三田にべたべたと抱きついた己の変態行為。まさか、今ので何か勘付いてしまったか。

密《ひそ》かにドキドキしていると、三田がまた不思議そうに小首を傾げてみせる。そうして「いえ、何でもないです」と言った。

村崎はほっと胸を撫で下ろす。

「何だよ、クマクマが気に入ったのか？」

「はい。すごくかわいくて、大好きです」

「俺より？」

「村崎さんはクマクマさんとは違います。他の誰とも比べられません」

振り返った三田が真面目な顔をして言った。「世界で一番好きな人が村崎さんですから」

村崎は思わず言葉を失くす。ああ、やばい。なんてかわいいヤツなんだろう。

「――俺も、世界で一番お前を愛しているよ」

抱き締めて頬にキスをする。

「俺からもお願いしていいか？　ずっとずっと俺の傍にいてくれ。もう絶対に泣かせたりしないから。これからは、お前が行ってみたいところに出かけて、いろんな経験して、一緒に楽しい思い出をいっぱい作っていこうな」

振り向いた三田がぱあっと幸せそうに笑う。

「はい！」

かわいい返事をしてみせた唇にもう何十回目かの甘いキスを落とした。

■ サンタさんとクマクマさん ■

いやー、村崎《むらさき》先生は素晴らしい！　なかなかあの中に入ってあんなに動けるものじゃないと、みなさん褒めてましたよ。今年も頼みます。子どもたちが楽しみに待ってますからね。

例によって例の如く、村崎は言葉巧みな塾長に乗せられて、町内会のイベントに借り出されていた。

七月の第四日曜日。毎年この町では納涼祭が開催される。

朝から快晴で、気温は順調にぐんぐんと上がり続け、午後には真夏日を記録していた。

夕方になってもさほど気温は下がらず、湿度も高いまま。とにかく暑い。

「……全国のゆるキャラの中の人たちを心から尊敬する」

村崎は汗だくになりながら、クマクマの中に入っていた。

外から見るとつぶらな瞳《ひとみ》がかわいいクマさんだが、中は蒸れ蒸れの蒸し風呂状態だ。何もしてなくても汗が噴き出て、少しでも気を抜けば即ぶっ倒れそうになる。先ほども着替えようとしたら、中で蝿《はえ》が一匹ご臨終になっていた。

うだるような暑い夏も子どもたちは元気いっぱいだ。

クマクマを見つけるや否《いな》や、寄ってたかって過剰なスキンシップを求めてくる。こんなにかわいいクマクマを悪の手下と勘違いしているのか、キックにパンチと、容赦なかった。

「……くそっ、あいつら。こっちは手が出せないと思って好き勝手しやがって」

ぜいはあ言いながら、会場の隅に避難する。水分補給をマメにしないと、子どもたちの目の前でクマクマが救急車に乗せられてしまう。

とりあえず、テントに一旦戻ろう。ふらふらになりながら歩いているところだった。

ふいに狭い視界の端で何かが動いた気がした。

村崎は立ち止まる。のっそりと重たい頭を動かして、そちらを見やる。

広場の脇《わき》に植えてあるポプラの木——の後ろからじっとこちらを見ている人物。

「!?」村崎はぎょっとした。

木の陰に隠れるようにしてひょっこり顔だけ出しているのが、三田《さんた》だったからだ。

——何をやってるんだ、アイツ！

村崎はわたわたと慌てた。せっかくの納涼祭なので、三田とも一緒に出店をまわる約束をしていたが、待ち合わせはもう少し後のはずだ。

村崎は手伝いがあるから先に出かけ、三田は部屋の掃除をしてから明日の朝食のパンを買いに行くと言っていた。六時にこの会場の入り口で待ち合わせだったはずが、予定より一時間も早い。

あわあわと挙動不審になるクマクマに、三田が恐る恐る近付いてくる。

村崎は回れ右をしダッシュでここから逃げ出したかったが、そんなことをすれば三田がショックを受けるだろう。クマクマはみんなのアイドルなのだ。

きょろきょろと辺りを見回しながら、三田が目の前までやって来た。

「クマクマさんだ……」

わあ、ときらきらした目で見つめてくる。

――ああ、今日も三田はかわいい。

クマクマの中から見ても、三田のかわいらしさは相変わらず輝いていた。村崎はでれっと脂下《やにさ》がる。こんな汗臭いクマよりも甘い匂《にお》いのする三田の方が何倍もかわいい。

ふらふらと手を伸ばし、ぎゅっと抱き締め、すりすりと頰擦《ほおず》りをしてしまいそうになったが、寸前でハッと我に返った。いかんいかん。変態クマさんになってしまう。ハアハアしながら、どうにか欲望を押し留《とど》める。

「?」

なぜか三田がじいっと観察するような目でクマクマを見ていた。

ぎくりとする。まさか中にいるのが村崎だとバレてしまったのだろうか。誰かが喋《しゃべ》ったのか？　いや、いくらなんでもそんな無粋な大人はいないはずだ。だがしかし三田はこんなかわいい見た目だが、一応年齢的には大人扱いされるので、訊《たず》ねられればあっさり村崎の所在を明かしてしまうかもしれない。

「あの」

神妙な面持ちをした三田が思い切ったように言った。村崎はクマクマの中で思わずびくっと背筋を伸ばす。

「しゃ、写真を撮ってもいいですか！」

「……」

少しの間をあけて、村崎はこくりと頷《うなず》いた。

ぱあっと顔を明るくした三田がいそいそと鞄《かばん》からデジカメを取り出す。今朝、村崎が預けた物だ。

一緒に撮るのかと思えば、三田は嬉《うれ》しそうにクマクマに向けてパシャパシャとシャッターを切りはじめた。まずは正面を押さえ、右横、なぜか後ろ姿、左横、そしてまた正面。

クマクマばかりを撮ってどうするつもりだろう。

「おや、三田くん」

聞き覚えのある声がした。村崎は絶妙に頭の位置を動かし右目だけで姿を確認する。

「あ、塾長さん。こんにちは」

三田が笑顔で挨拶《あいさつ》をした。青葉《あおば》塾長もにこにこと返す。三田は家賃の関係で一緒に暮らしている村崎の親戚《しんせき》ということになっている。実際、三田が借りていた202号室はすでに解約し、今は201号室で同棲《どうせい》している。職場の花見にも連れて行ったことがあるし、今までも二人は何度か顔を合わせていた。塾長も天真爛漫《てんしんらんまん》な三田を気に入っているようだ。

「クマクマと写真を撮るのかい？　私が撮ってあげようか」

「いいんですか！」

はしゃいだ三田が、デジカメを塾長に渡す。すぐに村崎のところに駆け戻ってきて、横に並んだ。

「それじゃ、撮るよ」

パシャッと三田とクマクマがフレームに収まる。

「ありがとうございます！」三田がデジカメを受け取りながら言った。「そうだ、塾長さん。村崎さんを知りませんか？」

「え？　村崎先生？」

塾長がちらっとクマクマを見た。村崎は必死に首を横に振る。頭がくらっとして、危うく倒れそうになった。

「村崎先生は今、私が用事を頼んでいてね。もうしばらく手が空かないと思うよ」

「そうですか……」

三田が残念そうに肩を落とす。そんな後ろ姿を見てしまうと、うっかり仕事も忘れ、三田を攫《さら》って逃げてしまいたくなる。

「村崎先生が戻って来るまで、むこうでカキ氷でも食べないかい」

塾長が気をきかせると、現金な三田は「カキ氷ですか！」とすぐに浮上した。村崎はカチンとカキ氷に嫉妬《しっと》した。

「それじゃあ、あっちのテントに行こうね」

まるで子どもの相手をするように優しく三田を促す塾長。一瞬振り返り、なぜか立ち尽くす村崎にむけて、いつになくワイルドに親指を立ててみせた。


拘束時間内をクマクマの中で過ごし、急いで着替えて三田を探した。

カキ氷の屋台は本部テントのすぐ横にあった。塾長はテントの中で椅子《いす》に座って自治会長たちとビールを飲んでいる。

「あの、あいつはどこに……」

「村崎さん！」

振り返ると、いつの間に着替えたのか、浴衣《ゆかた》姿の三田が手を振っていた。

「これから待ち合わせ場所に向かおうと思っていたところなんです」

「その恰好《かっこう》、どうしたんだ？」

履き慣れない下駄に苦戦しながら、三田が説明する。「塾長の奥さんと七海《ななみ》さんが着せてくれました。七海さんのお兄さんの物だそうです」

三田の後ろから二人が現れる。奥さんが笑いながら言った。「うちの長男が小学生の頃に着ていた浴衣なんだけど、あの子は体がバカでかかったから。三田くんにぴったりじゃないかって思ってね。急いで家から持って来たのよ」

「本当にぴったりだったね」

そう言って笑う七海も浴衣姿だった。彼女は今年に入り、見合いで知り合った公務員男性と意気投合したらしい。とんとん拍子に話が進み、この冬に挙式予定だ。

「村崎さん、どうですか？」

三田が無邪気に訊いてくる。紺地にちりばめられた団扇《うちわ》模様。少し子どもっぽいが、これはこれで悪くない。

「うん、似合ってる」

答えると、三田がはにかむように笑った。本当によく似合っている。このまま手を取り、腰を取り、どこか二人きりになれるところに連れ込みたいくらいだ。帯をくるくる巻き取って、つるんと剝《む》いてしまいたい。妄想すると頰がだらしなく弛《ゆる》んで困った。女性の七海には申し訳ないが、うちの三田が一番かわいい。

まさかこんな姿が拝めるとは思わなかった。眼福、眼福と心の中でにやにやする。

七海たちと別れて、三田と二人でしばらく屋台をまわって楽しんだ。

祭りそのものが初めてだという三田は、様々な屋台に目移りして忙しそうだ。

途中、子どもたちとたわむれているクマクマと遭遇する。中身は青壮年会の人だ。きらっと目を輝かせた三田が、ふらふらとクマクマの動く方向に付いて行きそうになる。村崎は慌てて手を摑《つか》んで引き戻した。お前はハーメルンの笛吹きに出てくる子どもか。村崎が入っている時ならいいが、他の男と入れ替わったクマクマに抱きつくのは許せない。つぶらな瞳の愛くるしいクマクマはいまや村崎の敵である。

三田の意識をどうにか屋台に引き戻す。タコヤキにわたあめ、焼きそばとリンゴ飴《あめ》。巨大な胃袋に次々詰め込みながら、三田は興味津々に金魚すくいに挑戦し、初めての射的ではなんと意外な才能を発揮して、花火セットをゲットしてしまった。

三田は花火も初めてらしい。夏の風物詩は三田にとって初めて尽くしなのだ。いちいち嬉しそうにはしゃぐ姿が新鮮で、猛烈にかわいかった。

広場の隅に移動して、ひとけのない場所を探しさっそく花火の袋を開けた。

「これを持って、そのまま動かすなよ」

村崎は知り合いのおじさんから借りてきたライターを点《つ》けて、花火の先端に近づける。

まもなくして、ボウッと黄色い火花が噴き出した。

びっくりしたのか、三田が「わっ」と声を上げる。

「すごい……あ、色が緑に変わりました！　すごいです！　キレイですね」

ほうと息をつきながら、次々に色が変化する明るい火花をうっとりと見つめている。

村崎も一本手に取り、三田の花火の先端にくっつける。もらい火で着火した花火が勢いよく火花を噴き始めた。

三田が「キレイ……」と幸せそうに微笑《ほほえ》む。

そんな光に照らされた横顔を眺めながら、村崎はとても満たされた気分だった。お前の方がキレイだよ。と心の中だけで呟《つぶや》く。

手持ち花火を十分に満喫し、最後に線香花火に火をつけた。

パチッパチッと小さな火花が弾《はじ》けるように散るそれは、なぜだか少し物悲しさを誘う。

「聖夜《せいや》」

「はい？」

こっちを向いた瞬間、隙《すき》をついてちゅっとキスを掠《かす》め取った。

びっくりした三田が目を丸くし、手元の花火からぽとっと丸い火玉が地面に落ちる。

「あ！」

「あーあ、お前の負け」

「……村崎さん、ずるいです」

むうと唇を突き出して、ぷりぷり怒る三田。

「もう一本、持てよ。ほら、火」

すぐに機嫌を直した三田がいそいそと新しい線香花火を差し出してきた。火が移り、三田のそれもかわいらしい火花を散らし始める。

「村崎さん、村崎さん」

「うん？」

隣を見た途端、伸び上がるように顔を近づけてきた三田に、ちゅっと唇をぶつけられた。

ちょうど燃え尽きたのだろう、村崎の線香花火がぽてっと火玉を落とす。

「……あ」

「お返しです」

三田がにんまりと笑って満足そうに言った。

——何だそのかわいさは。

村崎は口の端をそっと指先で触れながら、カアッと首筋から熱が上って顔に広がっていくのを感じていた。狙《ねら》いを失敗した拙《つたな》いキスは、村崎の心臓をずきゅんと打ち抜く。

帰ったら覚悟しろよ。

村崎は新しい線香花火に火をつけて、心の中でほくそ笑んだ。

この浴衣は借りて帰ってもいいだろうか。帯をくるくる巻き取る前に、裾《すそ》をたくし上げてやる。乱れた浴衣とうっすら上気したピンク色の三田の肌を想像して妄想が止まらない。

煩悩《ぼんのう》の塊のような村崎に呆《あき》れ果てたのか、つけたばかりの花火がぽてっと落ちた。

■　村崎さんとサンタさん　時々クマクマさん　■

棚の上のフォトフレームが倒れている。

「……あれ？」

さっき見た時は倒れてなかったのに。三田《さんた》は不思議に思いながら、急いで立て直した。

「これでよし」

シンプルな枠の中に収まっているのは、笑顔の三田とクマクマさんだ。先月の納涼祭で撮った物だった。

「見た目はかわいいけど、中身はかっこいいんだよねえ、クマクマさんは。子どもたちがぶら下がってもびくともしなかったし、足も早いし。腕は結構がっしりしてた気がする」

過去に一度、抱き締めてもらったことがあるのだ。「ぎゅってする力は強かったな。毎日鍛えてるのかなあ、憧《あこが》れるなあ……あ！」

突然、クマクマさんがパタンと倒れた。

「写真ばっかり、いつまで眺めてるんだよ」

ぶすっとした声が聞こえてきて、三田はハッと振り返る。背後に上半身裸の村崎《むらさき》が立っていた。シャワーを浴びたばかりの彼は髪からぽたぽたと水を滴《したた》らせながら、むすっと三田を睨《にら》んでくる。クマクマさんを倒したのは村崎だ。

「村崎さん、髪が濡《ぬ》れてます」

ぽたぽたと畳の上に雫《しずく》が垂れて、シミを作っている。「ここに座って下さい」と座布団を差し出すと、バツの悪そうな顔をした村崎は黙って腰を下ろした。

三田は村崎の首からタオルを引き抜いて、濡れた頭を包み込む。ごしごしと拭《ふ》いた。ドラッグストアのバイトが休みだった三田とは違い、仕事を終えて帰ってきた村崎は、疲れたのかおとなしく頭を差し出している。今日も朝から暑かった。

「村崎さん。お仕事、お疲れさまでした」

「……」

いきなり村崎がぎゅっと三田を抱き締めてきた。胸元にぐりぐりと顔を押し付けてくる。

「ど」三田はびっくりした。「どうしたんですか」

「……ただの自己嫌悪だ」と、村崎が呟《つぶや》く。

「自己嫌悪？」

「聖夜がかわいすぎて困る」

ぐりぐりと甘えるように抱きつかれて、三田はぽっと顔を火照《ほて》らせた。「む、村崎さんはかっこいいです」

「……いや。俺は、クマに嫉妬《しっと》する小さい男なんだよ」

「え？」

上手《うま》く聞き取れなくて訊《たず》ね返すと、「何でもない」とまたぐりぐりされてしまった。湿った髪の毛がTシャツを濡らし、肌にちくちく刺さってくすぐったい。

「よく考えたらさ」村崎がふいに顔を上げて言った。「お前も、バイトであのオレンジのキグルミの中に入ってたよな」

「はい。ドラニャンのことですか」

「だったらもうわかってるよな。クマクマさんの中にも……」

「クマクマさんはクマクマさんなんです！」

三田は思わず叫んだ。語尾を奪われた村崎がぽかんとする。

「クマクマさんは、僕の憧れです。あんなふうにたくさんの子どもたちに囲まれてもびくともせず、みんなの相手をしながら素早く動けるようになりたい」

「……そっか。憧れか……うん。そうだな、頑張れ」

村崎がなぜかくすくすと笑いながら、三田をぎゅっと抱き締めた。「俺も頑張ろう」と、顔を胸元にぐりぐり擦《こす》り付けてくる。

「んぅっ」

ぴりっと甘い痺《しび》れが走って、三田はぴくんと体を引き攣《つ》らせた。村崎の頭が左胸の小さな突起を掠《かす》めたのだ。

「どうした？」と、村崎が動きを止める。

「な」三田は慌ててかぶりを振った。「何でもないです……ゥンっ」

「顔が赤いぞ。目も潤《うる》んでる」

何かに勘付いたみたいに、村崎は三田の脇腹《わきばら》をさすり上げてきた。Tシャツの裾《すそ》をかいくぐって手のひらが直接肌に触れる。少し冷たい体温に円を描くように撫《な》で回されて、ぶるりと震えた。

「む、村崎さん……」

「うん？　どうした、ちゃんと髪を拭いてくれよ」

「は、はい……んんっ」

三田が力の入らない手で懸命に濡れた頭を拭くその下で、村崎は三田のTシャツをたくし上げる。指の腹で突起を探り当てられた瞬間、「あっ」我慢していた声が漏れてしまった。

慌てて口を塞ぐ。腰をぐっと抱き寄せられた。村崎がTシャツの中に頭を突っ込むようにして、三田の胸元に舌を這《は》わせてくる。ねっとりと尖《とが》った粒を舐《な》め上げられると、膝《ひざ》がガクガクと震えて甘い声が鼻から抜けた。

皮膚をきつく吸われる。

「あっ、それは」三田はなけなしの理性を総動員して、村崎の頭を必死に遠ざけた。「ダメです、そこに痕《あと》がついちゃいます」

「別にいいだろ」

「ダメなんです。今日も、着替える時にバイトの先輩に見つかって、揶揄《からか》われました」

村崎がぴくりと硬直した。「……裸を見せたのか」

「？　男の人はみんな同じ更衣室で着替えるので、見たり見られたり……」

「それはよくないな」と、呟《つぶや》いた村崎が、何を思ったのか再びちゅうっと肌を吸い上げてきたのだ。「あっ、ダメです！」三田は抗おうとするも、村崎にがっちりと腰を搦《から》め捕《と》られているので動きようがない。左だけではなく右まできつく吸われて、結局、何箇所も新たな鬱《うっ》血《けつ》の痕ができてしまった。乳首の周りに赤い花びらが散っているみたいだ。これでは、ますます着替えがしづらくなる。

「誰にも見つからないように、こっそり着替えろよ」と、なぜか村崎が満足げに言った。むすっとむくれていると、さすがに悪いと思ったのか、村崎が宥《なだ》めるように三田の頭を撫でてくる。「よし。それじゃあ、お前も付けろ。俺にたくさんお前の痕を付けていいぞ」

村崎が来いと、両手を広げてみせた。三田はちらっと振り返る。

「……いいんですか？」

「おう、いくらでも」

三田はいそいそと畳の上を膝で詰め寄り、村崎の裸体の前に正座した。全体的に厚みのない三田とは違って、付くところはしっかりと付いた男らしい体形をしている。綺麗《きれい》に筋肉の付いた胸板をおずおずと指先で触れた。弾力があって押し返される。ここにあの鬱血の痕を残すのかと思うと、ドキドキしてきた。

「ど、どうやったらいいんですか」

初めての経験なので、きちんと教えを請わなければならない。

「好きなところに唇をつけて、皮膚を強めに吸い上げればいいんだよ」

「はい」

三田は思い切って村崎の右胸に唇を寄せた。滑《なめ》らかな肌の感触が敏感な唇に当たる。大胆に吸い付いてみたけれど、すーすーと空気だけが入ってくる。おかしいなと思い、一旦離れた。逞《たくま》しい胸板にはちっとも痕が残っていない。「……隙間があいていたみたいです」

「上唇と下唇で皮膚を挟み込むようにして密着させてから、強く吸い上げてみろよ」

「はい」と頷き、三田はもう一度、村崎の右胸に吸い付いた。教えられた通りに、唇を開いて皮膚に押し付ける。はむと弾力のある肌を挟むようにしてちゅうっと吸い上げた。

「……っ」村崎の体がびくんと小さく身震いする。

「ぷはっ」思いきり吸い上げたせいか、少し頭がくらくらした。「ど、どうですか?」

「上出来。しかも歯形付きだぞ」

見ると、確かに村崎の右乳首の横には小さな赤い斑点と歯形がくっきり残っていた。

「す、すみません！　痛かったですか」

「いや」村崎が笑って首を横に振る。「予想以上に情熱的なキスマークで嬉《うれ》しいかも」

「嬉しいですか？」

「すげー嬉しい」と、村崎が本当に幸せそうに笑うので、三田も嬉しくなった。「村崎さん、こっちにも付けていいですか」

村崎が一瞬面食らったような顔をして、「どうぞ」と微笑《ほほえ》む。三田はいそいそと左胸に吸い付いた。今度は歯形を付けないように気をつける。

村崎の胸元に左右一枚ずつ、赤い花びらが散った。それを見て、三田は満足する。何だかこの人は自分だけの大切な人なのだと特別な所有印を押したようで、くすぐったい気分になる。三田の胸にも村崎の所有印がたくさん付いていて、お揃《そろ》いなのも嬉しい。

「なあ、聖夜」

「はい、村崎さん」

「せっかくだから、初体験ついでにそろそろその呼び方も変えてみないか」

三田は思わずきょとんとした。村崎に「俺の名前は知ってるだろ？」と訊《き》かれる。

もちろん、知っている。一年前、初めて彼の名前を目にした時には、何度も何度も唱えて頭に叩《たた》き込んだのだ。漢字も正確に書ける。

「なあ、ちょっと呼んでみてくれよ」

村崎が畳に両手をついて迫ってくる。三田はうっと思わず体を引いた。「む、村……」

「村じゃないだろ。ほら、最初の文字は？」

「……か」一文字口にしただけで、なぜだか顔がカアッと熱く火照りはじめた。「か、か、」

村崎が頷きながら、じっと三田を見つめている。出会ってからずっと『村崎さん』だったので、いきなり呼び方を変えるのは何だか物凄《ものすご》く恥ずかしい。ふうふうと息が荒くなる。

「か……かず……かず、和喜《かずき》さん……！」

「よし！　よく頑張った！」

頭のタオルを放り投げて、村崎が両手を広げながら三田をぎゅっと抱き締めてきた。「今からもう俺のことはそう呼べよ。村崎さんって呼んでも返事しないからな」

「は、はい。か、和喜さん」

「かわいいなあ、俺の聖夜は。ご褒美にこれをやろう」

村崎がスウェットのポケットから何かを取り出した。三田の手にそれを握らせる。

「……鍵《かぎ》？」

「そう」村崎が言った。「新しい俺たちの家の鍵」

三田はハッと顔を上げる。村崎が微笑む。

「この部屋も思い出深いんだけどな。さすがに二人で暮らすにはちょっと狭いだろ」

「お引っ越しするんですか？」

「次の週末に。まあ、荷物は少ないから。俺も仕事が休みだし、聖夜もバイトは休みだろ？

勝手に決めて悪いけど、今度の部屋はここよりもっと広いぞ。寝室にはベッドも置ける」

「ベッド！」

「ふかふかのベッドに寝てみたいって言ってただろ。明日のバイトは遅番だよな、午前中にベッドを見に行こうか。新しい部屋にも連れて行ってやるぞ」

「はい！」

わくわくしてきた。今のこの部屋も気に入っていたけれど、新しいところはどんな部屋なのだろう。うきうきする三田の体を、村崎がひょいと抱き上げた。「む……和喜さん？」戸惑っていると、先ほど三田が敷いたばかりの布団の上に下ろされる。

「あと少しで、この煎餅《せんべい》布団ともお別れだと思うと寂《さび》しくなるな。たくさん聖夜の匂《にお》いが染み込んでるのに。あ、ここにも聖夜のシミが」

村崎が揶揄うように言った。三田はカアッと顔を火照《ほて》らせて、「シミはありません！ちゃんと洗ってます」と村崎を睨《にら》みつける。「でもここ、聖夜の匂いがするぞ」「えっ」びっくりして、三田は村崎がくんくんと嗅《か》いでいる場所に自分も鼻を近付ける。とその時、横から手が伸びてきて三田の腰に巻きついた。

「捕まえた」

「わっ」

ごろんと二人一緒に布団の上を転がった。村崎に背後から抱き込まれ、耳元で熱っぽく囁くように問われる。「今日は前からと後ろからと、どっちがいい?」

「……りょ」三田はもぞもぞと太腿を擦り合わせながら、蚊の鳴くような声で答えた。「両方で、お願いします」

一瞬、間があって、村崎がぷっと噴き出した。三田はカアッと恥ずかしくなって、「う、うそっ、今のは、ウソです」布団の上を這《は》って逃げようとした。しかしすぐに腰を摑《つか》まれて、ぐいっと引き戻される。

「ウソにしなくてもいいだろ。いいよ、二回でも三回でも。三回目は聖夜に上に乗ってもらおうかな」

「む……和喜さん、すごくエッチな目をしてます」

「エロいのはお互い様だろ。俺はエッチなサンタさんは大歓迎だけどな。本当にかわいいなあ、どこから攻めようかな……リクエストがあるなら聞くぞ」

「えっと、最初は、口にチュウがいいです」

村崎が目をぱちくりとさせた。ふはっと笑う。

「まったく、敵《かな》わないいな」

とろけてしまいそうなほど甘い笑みを浮かべた村崎が三田を抱き締め、優しく激しく、唇を重ねてきた。

あとがき

この度は『不器用サンタと恋する方法』をお手に取って頂きありがとうございました。

今回のサンタ設定は、実は以前から頭の片隅にあったものでした。ようやく形にできて幸せ……だったのですが、サンタサンタとばかり言っていたので、肝心の攻めキャラが定まらずに迷走し、担当さんには本当にご迷惑をおかけしました。そんな感じで出来上がった落ちこぼれサンタと、かわいい恋人とイチャイチャする妄想だけは逞しい寂しい独身男のカップル。何やかんやで楽しんで書きましたので、皆様にも楽しんで頂けると嬉しいです。

今回もたくさんの方々にお世話になりました。この場をお借りして御礼申し上げます。イラストをご担当下さいました、旭炬先生。例のぬいぐるみを間に挟んだかわいい二人の姿にニヤニヤです。サンタ服も描いて頂き、本当にどうもありがとうございました。いつもお世話になります、担当様。「タイトルでこんなに決まらなかったのは初めてです」とまで言わせてしまって反省しています。次こそは！　これに懲りず、今後ともよろしくお願いします。

そして読者の皆様。最後までお付き合い下さってどうもありがとうございました！　今年も残りあと僅か。忙しいこの季節に、くるくる頭のサンタさんのお話で少しでもほっこりして頂けたら幸いです。皆様が素敵なクリスマスを過ごされますように。

榛名　悠

✦初出　不器用サンタと恋する方法……………書き下ろし

榛名 悠先生、旭炬先生へのお便り、本作品に関するご意見、ご感想などは
〒151-0051 東京都渋谷区千駄ヶ谷 4-9-7
幻冬舎コミックス　ルチル文庫「不器用サンタと恋する方法」係まで。

幻冬舎ルチル文庫

不器用サンタと恋する方法

2014年11月20日　第1刷発行

✦著者	榛名 悠　はるな ゆう
✦発行人	伊藤嘉彦
✦発行元	株式会社 幻冬舎コミックス 〒151-0051 東京都渋谷区千駄ヶ谷 4-9-7 電話 03(5411)6431［編集］
✦発売元	株式会社 幻冬舎 〒151-0051 東京都渋谷区千駄ヶ谷 4-9-7 電話 03(5411)6222［営業］ 振替 00120-8-767643
✦印刷・製本所	中央精版印刷株式会社

✦検印廃止

ISBN978-4-344-83282-4　C0193　Printed in Japan